お義兄さまは溺愛の鬼！

極上の秘めごとも、甘い戯れの延長線上ってホントですか⁉

★

ルネッタⓁブックス

CONTENTS

プロローグ

今夜が勝負。ヒールの音を響かせながら歩いていた阿久津比奈(あくつひな)は、強い想いを抱きながら高級ホテル『プレジール』のラウンジバーの前に立った。

(大丈夫、きっとうまくいく。だって、まさか私がこうして現れるなんて思いもしないでしょうから)

ホワイトのプルオーバーブラウスに、タックインで着こなしたラップ風のスカートは、ベルガモットオレンジの色が上品で爽やかな印象を醸し出している。二十五歳にしては少し大人びてしっとりとしたコーディネートに身を包んだ比奈は、自分に言い聞かせた。

今夜のために準備したのは洋服だけではない。

肩甲骨までの栗色の髪は毛先を入念に巻いて、フォルムにキュートさとエレガントさを加えた。ヌーディーなブラウン系のアイシャドウで大人っぽいメイクをし、適度にきかせたラメで顔に華やぎをプラス。頭のてっぺんからつま先まで、比奈ができる限りの美しさを追求し尽くしていた。

軽く深呼吸をして、店内に足を踏み入れる。天井高のある店内にはジャズが流れ、黒檀(こくたん)の壁にシルバーの格子をあしらったデザインが、スタイリッシュでありながら和の雰囲気を放っている。見上げるほどの大きな窓の外にはどこまでも続く東京の夜景が続き、思わず目を奪われた。

（綺麗……って、いけない、見惚れてる場合じゃないの）

気を取りなおし、ゆっくり足を進めながらカウンターに端から端まで目を凝らす。努めて自然に、かつ優雅に。そんな仕草とは裏腹に、胸はドキドキと高鳴る。

お客一人ひとりの横顔を遠目でたしかめていた比奈の目線は、あるところで止まった。

（いた、いたわ！）

阿久津真紘――比奈が今夜どうしても会いたかった人物は、カウンターの真ん中あたりでひとりグラスを傾けていた。

切れ長の涼やかな目元には知性を滲ませ、丁寧に手入れされたアーチ型の眉、高い鼻梁は高貴な印象を漂わせる。一見冷たく見える薄い唇は、常に口角が上がっているため微笑を浮かべているよう。ダークグレーのスーツはクールで落ち着いた雰囲気だが、ブラウンのネクタイがきりっとした中にもワイルドさを添えている。

久しぶりに見た〝生〟の彼は、比奈の頭の中で思い描いていたより数倍、いや数万倍も麗しい。

夜景を目にしたときのように彼を数秒間凝視していると、カウンターの中からバーテンダーが「おひとり様ですか？」と人差し指を立てて尋ねてきた。

「ええ」

膝が震えるほど緊張しているくせに、落ち着き払った眼差しと声色で答える。

〝こういう場所には慣れているの〟

そんな空気を必死に全身に纏った。

「お好きなお席へどうぞ」

人差し指を立てていた手を返し、彼がカウンター席を指す。

比奈が座る席は決まっている。もちろん真紘の隣だ。

(大丈夫、絶対に私だと気づかれないはずだから。だって、あの頃の私とは見た目が全然違うもの)

真紘に最後に会った当時、比奈はぽっちゃり気味の体型だった。見た目に気を使うようになったせいか高校時代に自然と体重が落ち、今ではその面影はない。

大丈夫だと何度も自分に言い含め、彼の後方に立つ。

ひどく緊張しているからだろうか、鼓動のリズムが狂い、立ちくらみを起こしそうになった。ここ一週間、今夜のことを考えてよく眠れなかったせいもあるかもしれない。

比奈は子どもの頃から、いわゆる脳貧血をよく起こすタイプだった。立ちっぱなしの朝礼で倒れることもあり、周りの友達が注意して観察してくれていたものだ。

しかし今ここでそんな状態になるわけにはいかない。静かに深呼吸をして自分を落ち着かせる。

「お隣、いいでしょうか」

比奈の声に振り返った真紘は、わずかに眉を上げて目を見開いた。

(――まさか気づかれちゃった?)

ふたりの間に舞い降りた沈黙が比奈を焦らせる。瞳を揺らしながら言葉を探し、次の算段を頭の中で練っていると、真紘はすぐにその表情を解き、左手で隣の椅子を引いた。

「失礼。美しい女性が現れたものですから、少し驚いてしまいました」

心の中でほっと胸を撫で下ろす。彼は比奈に気づかなかったようだ。

「お上手ですね」

口元に優美な笑みを浮かべるが、内心はヒヤヒヤ。比奈は取り澄まし、彼が引いてくれた椅子に腰を下ろした。

(第一段階クリア……!)

気持ちを落ち着かせようと、不自然にならない程度に息を細く長く吸い込む。

血の繋がらない義兄を誘惑する夜は、はじまったばかりだった。

華麗なる変身大作戦

唇をすぼめ、ふーっと勢いよく吹きつけた息でろうそくの火が消える。包んだ暗闇が照明で解消されると、テーブルを囲む両親から拍手が巻き起こった。

五月十日、今日は比奈の二十五回目の誕生日である。

「おめでとう、比奈」

「比奈も二十五歳か。大きくなったものだな」

「本当ね、ついこの前までランドセルを背負って、こんなに小さかったのに」

義父の肇（はじめ）が顎に手を添えてしみじみとすれば、母の美紀（みき）が手のひらを下に向けて高さを表す仕草をする。

還暦の肇は年相応に皺や白髪はあるが、端正な顔立ちに綺麗に撫でつけたヘアスタイルが凛々（りり）しくダンディである。

五十二歳の美紀は肌に張りがあるおかげで四十代前半でも通るほど若々しく、目鼻立ちが派手でエキゾチックな顔立ちだ。

「やだな、ふたりとも。私はもう、子どもじゃありません」

相好を崩す両親に、比奈はちょっと呆れつつ笑って返す。

(ランドセルなんて何年前の話？　十年以上も前よ)

当時と変わらないのは肩甲骨まである長い髪くらい。少し癖のある栗色の髪は幼稚園の頃から長いスタイルをキープしている。

母譲りの大きな目は垂れ気味のせいかタヌキ顔と言われるが、大人になるにつれてメイクで上手に生かせるようになった。

「親にとって子どもは、いくつになっても子どもなのよ」

「そうさ。ここにはいないが、真紘も同じ」

肇が、比奈とは六つ年の離れた三十一歳の義兄の名前をあげる。

真紘とは、比奈が八歳のときに両親の再婚によって兄妹になった。真紘は父の連れ子で、比奈は母の連れ子である。

ひとりっ子のため小さい頃から兄か姉が欲しく、念願が叶ってとてもうれしかったのを覚えている。おまけに新しく父親になった肇は優しく、比奈が持つ父親のイメージを大きく覆した。父親とはこんなにも温かく偉大なのだと。

「真紘さん、メッセージは送っておいたんだけど来なかったわね」

「まあ、アイツは毎度そうだからな」

まさしくその通り。真紘はこういった家族のお祝いの席や集まりにまったく顔を出さない。お盆もお正月も、家族で集まるときは彼を除く三人が常だ。〝しばらく〟どころか、比奈はもう十年も彼に会っていない。十年も、だ。比奈が十五歳のときに家を出た彼が、ひとり暮らしをはじめてからずっとである。

先月の真紘の誕生日に美紀が企画した食事会も仕事で都合がつかず、やはり欠席だった。

血は繋がっていないし、もはや家族というよりは昔懐かしの知り合いみたいだ。

美紀が、人気パティスリー『ミレーヌ』のイチゴタルトを切り分ける。早速フォークで口に運ぶと、イチゴのほどよい酸っぱさとカスタードクリームの甘さが絶妙にマッチしていておいしい。タルト生地はサクサクだ。

「ところで比奈」

フォークを置き、肇が神妙な面持ちを浮かべる。

「ん？　なあに？」

タルトを飲み込み、向かいに座る肇に首を傾げる。

「比奈も二十五歳になったし、そろそろ結婚の話を進めようと考えてるんだ」

「け、結婚⁉」

手から滑ったフォークが皿の上に落ちてカチャンと大きな音を立てた。幸い割れてはいない。

「そんなに驚かなくてもいいだろう。前々から話していたじゃないか」

「あ、うん、そうなんだけど……」

「相手は、うちの事務所を将来継ぐに相応しい優秀な男だ」

肇は日本でも有数の法律事務所、阿久津法律事務所の代表を務めている。海外や地方の大都市に支所や提携事務所があり、所属弁護士は四百人を超す。銀行やファイナンス、キャピタルマーケットを強みとし、M＆A成功の実績も高い。

比奈もそこで事務職として働いている。

「父さんにとって大事な比奈には、いい婿を迎えて事務所を一緒に盛り立てていってもらいたい。比奈も大鷲（おおわし）くんは知っているだろう？」

「大鷲さん……。うん、話したことはほとんどないけど」

大鷲博希（ひろき）は阿久津法律事務所の敏腕弁護士である。三十歳と若手ながら数々のM＆Aを手掛け、多くの企業をクライアントとして持っている。

そのうえスペイン人の祖父の血を引く端正な顔立ちをしているため、事務所内では特に女性人気が高い。

「どうした？　相手として不満か？」

「ううん、大鷲さんがどうってわけじゃなくて……」

「それじゃ、どうしたの？」

肇と美紀から不可解そうな視線が飛んでくる。漠然とではあるが、ふたりは以前から比奈には優秀な弁護士と結婚して事務所を継いでほしいと言っていた。

比奈もその願いを受け入れ、納得していた。そのため、両親は今さら比奈が及び腰になる理由がわからないのだろう。

じつは比奈は、八歳で出会ったときからずっと義兄の真紘に恋をしている。

母の再婚を聞いたときは兄ができると喜んだが、初めて対面したときから彼をそんな目では見られなかった。つまりひと目惚れである。だからずっと〝お兄ちゃん〟ではなく〝真紘さん〟呼びだ。

しかしこの恋は永遠に成就しないとわかっているため、両親が進めようとしている結婚話に異論はなかった。

真紘が比奈をひとりの女性として見ていないのは知っていたし、義理とはいえ兄と妹の恋路はうまくいきっこない。そのときがきたら綺麗さっぱり真紘を諦めて結婚しようと心に決めていた。

それなのに、いざ話が具体的になると動揺せずにはいられない。

「もちろん比奈の気持ちが一番だから、気が進まないのであれば無理にとは言わない」

「ううん、違うの。ちょっとびっくりしちゃって……」

「突然、現実味を帯びれば無理もないわ」

比奈の気持ちに寄り添おうとしてくれている両親の気持ちがうれしい。頭ごなしに決めるのではなく、あくまでも比奈優先に考えてくれているみたいだ。

「いったん保留にしようか。少し考える時間があったほうがいいだろう」

「……いいの?」

「もちろんさ。結婚するのは比奈なんだからね」

「ありがとう、お義父さん」

ふたりは残念そうだったが、ひとまずその話はそこで終わりとなった。

場を仕切りなおし、ケーキ談議に花が咲く。ミレーヌで一番好きなスイーツはなにか、今年の春の新作など、和やかなムードでイチゴタルトを食べ終えた。

その夜、勧められて入った一番風呂には、比奈お気に入りのバスソルトが入っていた。母が気を利かせてくれたのだろう。フローラルの甘い香りに癒やされる。

大学卒業と同時に念願のひとり暮らしをはじめた比奈は、たまにふらりと実家に立ち寄り泊まるときがある。土曜日を明日に控えた誕生日の今夜も、お泊まりセット持参だ。

胸まで浸かって肩にお湯をかけつつ、先ほどの結婚話をふと思い返した。

（結婚か……。いざそんな話を振られると、やっぱりちょっと躊躇しちゃうな）

〝いつかは〟と覚悟していた未来がいきなり目前に迫ったため、焦りを隠せない。なんとなく気分が落ち込むのは、真紘の存在のせいでもある。

（だけどちょっと待って）

大鷲博希の名前を思い浮かべて顔をしかめた。

「大鷲さんと結婚したら私、大鷲比奈になるのよね？　〝大鷲比奈〟……。それはちょっと嫌かも」

もしも小学生だったら〝やーい、鷲のヒナだってー〟とからかわれたに違いない。幸い比奈はいい大人だからそれはないが、短い足でピヨピヨ鳴きながら歩く姿を想像してゲンナリする。

それもまた、真紘が心に引っ掛かっているせい。つまり気が進まないのだ。

（かといって真紘さんをいくら好きでも、どうにもならないのよね。はぁ、どうしようかな……）

深くついたため息が白く煙るバスルームに響いた。


お風呂から上がり、髪を乾かしてリビングへ向かった比奈は、ドアを開けようとした手を引っ込めた。中から神妙そうに話す両親の声が聞こえてきたのだ。

「ねぇ、あなた、お相手との結婚、本当に進めなくても大丈夫なの？」

「うーん……大鷲くんは優秀な人間だから、できれば比奈には結婚してほしいんだがね。どうやらほかの事務所からお声がかかっているとの噂もあるんだ」

「まぁ、そうなの。どこの事務所？」

美紀の質問に肇が答えたのは、阿久津法律事務所と同規模の、最近よく耳にする事務所の名前だった。

（大鷲さんを引き止めるためにも、私が結婚する必要があるのね……）

当初は真紘が肇の後継者になる予定だった。しかし彼は、大学在学中に弁護士資格を取得して二年間法曹界にいたあと、ステージのまったく違う空間デザインの世界に飛び込んでしまった。

立ち上げた会社で成功を収めている彼の力は借りられない。

「でも比奈の気持ちが一番だからね。大事な娘が嫌がっているのに無理には進めたくない」

「あなた……。比奈を大事にしてくれて本当にありがとう」

美紀が心から感謝しているのが声の調子でわかった。

もしも比奈がこの結婚を拒めば、事務所の安泰は望めなくなる。そうなると母の幸せも脅かされるだろう。

美紀の最初の結婚相手――比奈の実の父親はお金にルーズなうえ女性関係もだらしなかった。家にお金をいっさい入れず、浮気相手のところに入り浸ったまま。当時体を壊しがちだった美紀は、働きに出るのもままならなくなり、比奈とふたりの生活は困窮した。

支払いが滞って電気を止められ、ろうそくの火を頼りに過ごした夜や、相手の女性が家に乗り込んできたときのことが、まだ幼かった比奈の記憶にも鮮明に残っている。

お金を貸した父が行方をくらましたからなんとかしてほしいと、その女性は借用書を手に母に詰め寄った。母は知らないうちに連帯保証人になっていたのだ。おそらく父が勝手に実印を持ち出したのだろう。

あとで聞いた話によると、母は仕方なく親戚に頭を下げて借金し、女性に返済したという。

しばらく経ち、父から一方的に離婚届が郵送されてきたときに、比奈がどれほどほっとしたことか。

それから一年が過ぎた頃、美紀は病院の帰り道で肇と出会った。

気分が悪くなり、横断歩道で倒れてしまった美紀を介抱したのが肇だった。肇は乗っていた車を急いで降り、救急車の手配はもちろん、付き添いまで買って出たのだ。

あとで聞いたところによると、肇はそのとき美紀にひと目惚れをしたのだとか。

『お母さんがこんなだからごめんね』

よくそう繰り返していた母に、二度と悲しい思いはさせたくない。

事務所の安泰は美紀の幸せ。それを守るために比奈の決断が必要なのだ。

（それに、お義父さんもお母さんも私の幸せを考えるからこそ、素敵な人との結婚を望んでいるんだものね）

そんな親心はとてもありがたい。ふたりの気持ちに応えるためにも比奈の決意は欠かせないのだ。

心を決め、リビングのドアを開けた――。


翌日の土曜日、比奈は高校時代の友人である宮野琴莉とランチをともにしていた。

緑豊かな丸の内の仲通りにあるレストランは、タパスやグリル料理などのスペイン料理が食べられ、三年連続業界評価でひとつ星を獲得している名店である。

開放感溢れるテラス席で、それぞれパエリアを口に運ぶ。

「んん、噂通りおいしいね」

「さすがひとつ星を獲得するだけあるわ」

比奈の賞賛に琴莉も目を丸くして同意。ぷりっぷりのエビも魚介の濃い旨味も、おこげの食感も最高である。

「だけど比奈、本当に結婚していいの？」

琴莉は食べ終えた皿を脇によけ、ワンレンボブの髪を耳にかけて比奈を真正面から見据えた。コアラのようにかわいらしい小さく丸い目が左右に揺れる。

昨夜、比奈はあのあとリビングに突入し、両親に結婚の話を進めてかまわないと伝えた。ふたりとも本当にいいのかしつこく確認してきたが、最後には安堵の表情で笑った。だから、これでよかったのだ。

「事務所を継ぐに相応しい人と結婚するって前から決まっていたから。大丈夫」

とはいっても、晴れ晴れとした決意とは言いがたい。目線を手元に落とし、軽く息を吐く。

「大丈夫って割に顔は曇ってるけど？」

さすがに高校生のときから仲良くしている親友は欺けない。琴莉には絶対に成就しない恋をしているのも、ずっと前に打ち明けていた。

「真紘さんには妹としか見てもらえないし、どうにもならないのもわかってるの」

そもそも十年間、会ってもいない。

「でもこのまま真紘さん以外の人と結婚したら後悔しそう」

「この際だから、打ち明けてみたら？」

「そんなの無理。兄と妹でもいられなくなっちゃう」

その繋がりさえ断たれたら、一生会えなくなる。――すでに十年も会っていないから今さらではあるけれど。

「せめて初めてだけでも真紘さんに捧げられたらいいのに……」

結婚は諦める。思い出として彼に初めてを奪ってもらえたら、それだけで一生分の幸せを得られるから。

（……でも、それこそ無茶な願いよね）

告白ですら難しいのに、体の関係を持つなんて地球が逆回転するくらいありえない。

深く長いため息をついたそのとき。

「別人に変装して誘惑しちゃうとか。もう何年も会ってないんでしょう？」

琴莉の何気ないひと言が、比奈の心のど真ん中を射貫いた。

（……別人に変装して誘惑？）

それは心臓が震えるほど威力が凄まじく、比奈に大きな期待を抱かせる。

「なーんてね」

茶化した琴莉の言葉も耳に入らない。

（ナイスアイデア！　真紘さんに私だと気づかれずに近づけるかもしれない。だってずっと会って

いないんだから）

　当時の比奈はぽっちゃりしていたため、現在の姿とはまったくの別人だ。

　義理とはいえ妹が相手では真紘は絶対に手を出さないだろうが、別人なら話は違う。

　みるみるうちに期待が決意に変わっていく。

「琴莉、ありがとう！」

「え？　なに？　もしかして本気にした？　冗談のつもりだったんだけど」

　目を真ん丸にする彼女に深く頷（うなず）く。

　たった一度だけ、それでいい。うまくいくかどうか定かではないが、真紘とひと晩だけでも過ごせたら、あとはもうなにもいらない。

「まぁ、そうよね、いいと思う。後悔しないのが一番だから。すべてをぶつけておいで」

　比奈の熱意が伝わったのだろう。琴莉は右手で拳を握り、比奈を勇気づけた。


　比奈が変身誘惑大作戦を実行に移したのは、一週間後のことだった。

　真紘が頻繁に通っているというホテル・プレジールのラウンジバーに行けば、会えるのではないかとあたりをつけた。以前、経済誌に掲載された彼のインタビュー記事に〝よく行くお店〟として紹介されていたのだ。

　彼が社長を務める空間プロデュース会社『クレアハート』は飛躍的に業績を伸ばし、業界でも注目の的のため、真紘はメディアにもたびたび登場する。長らく会っていないが、そういった機会を通して比奈は彼の姿を見続け、さらに凛々しく素敵になっていく様子を目の当たりにしてきた。テレビや雑誌でその姿を見るたびに胸を高鳴らせ、想いはどんどん深く強くなっていくばかり。ほかに目を向けようとした時期もあったが、真紘以外に胸がときめく男性は現れなかった。

しかし真紘ほど麗しい容姿で凄腕（すごうで）のエリート社長であれば、それは無理もない話だろう。比奈の男性に対する評価のハードルは最初から高い。

そうして計画通りに彼をバーで見つけたとき、心の中で小躍りした。

彼の隣の席をゲットした比奈は、カウンターにメニューらしきものがないと気づいて焦る。

（困ったな。なにを頼んだらいいのかな……）

こういった場に来るのは初めてのため戸惑う。真紘に別人として会う行為にばかり気を取られ、カクテルの種類をリサーチしそびれていた。

「どうかしましたか？」

比奈が困っているのを察知したらしき真紘が声をかける。

「あっ……い、いえ、今夜はちょっと酔いたい気分なんだけど、なにを飲もうかしらと思って」

大人の女ぶってしとやかに返しつつ、内心ハラハラ。とにかく真紘に見合った女性に見てもらえるよう、比奈だとバレないよう必死だ。

「ダイキリはどうです？　女性にも飲みやすい」

「そうね、そうしようかしら」

いかにも知っているふうに返しつつ、真紘にゆっくりと視線を向ける。

彼が一瞬目を泳がせたため正体がバレたかと心配したが、真紘は追及せず比奈に代わってバーテンダーに注文を済ませた。

ほどなくして比奈の前に白い色をしたカクテルグラスが置かれる。真紘が飲みかけのグラスを手に取り、比奈のほうへ向けたため、乾杯だと気づいて比奈もそっと手にした。

口をつけるとライムの酸味と甘みがふわりと広がる。

(おいしい……!)

ついはしゃぎたくなったが、それでは品のある大人の女性ではなくなるとぐっと堪える。

「お気に召しました?」

「ええ、とっても」

「それはよかった。俺が作ったわけじゃないが、勧めた手前、なんだか誇らしいな」

真紘の横顔は本当にうれしそうだ。

そして、そんな彼を見ている比奈までハッピーな気持ちになる。久しぶりに真紘に会えた喜びはさらに増幅していく。

(真紘さん、やっぱり素敵だからドキドキしちゃう。どうしよう……、最後に会った大学生のときも大人びていたけど、今はもっと男の色気が溢れ出てる)

つい食い入るように見つめていると、真紘が首を傾げて視線を投げてよこした。流し目にドキッとさせられる。

「名前を聞いても？」

真紘がそう尋ねるのは比奈に気づいていない証拠だ。ほっとしつつ、用意していた偽りの名前を口にする。

「モモです」

比奈がマンションで飼っている猫の名前である。

「え？」

「……え？」

聞き返され、お互いに首を傾げ合う。

（奇抜な名前じゃないはずだけど……。知り合いに同じ名前の女性でもいるのかな）

予想とは違う反応をされたためハラハラだ。

「モモ、さん？」

パチッと瞬きをした真紘に頷き返す。

彼はなにやらブツブツと呟(つぶや)きながら首を捻(ひね)った。

（なんだろう、どうしたのかな）

不可解な仕草に緊張を強いられたため、自分から興味を逸らそうと質問し返す。

「あの、あなたは？」

真紘はメディアに顔出ししているため世間にも知られているが、比奈はあくまでも彼を知らないふりをする。

「俺は……レオ」

「え？」

今度は比奈が聞き返す番だった。

（私はまだしも、どうして真紘さんまで名前を偽るの？）

彼の真意がわからず目が点になる。

「レオ、さん？」

比奈の頭の中にクエスチョンマークが幾重にも連なって行進していく。ふたりの間になんともいえない空気が舞い降りた。

（あ、もしかしたら普段とは違う自分になりたくて、そんな名前を使っているのかな。会社社長ともなればストレスはあるだろうし、違う自分を演じてみたい時間があってもおかしくないよね）

変身願望は誰にでも少しくらいあるはずだ。

（ともかく真紘さんと別人で近づけたんだから、深く考えないようにしよう）

比奈は気を取りなおしてもう一度グラスを手に取った。

「レオさんと会えた夜に」

「乾杯」

比奈の言葉を真紘が続けた。喜々とした様子が比奈の心を強くする。

ゆっくりとカクテルに口をつけつつ、バーの静かな雰囲気を楽しんでいる空気を醸し出しながら、次にどう出ようかと画策する頭の中は忙しない。

「モモさんは、ここへはよく？」

会話を繋いでくれた真紘に密かに感謝だ。

「いえ、今夜が初めてです」

「いつもはどちらへ？」

「そ、そうですね……べつのホテルのラウンジだとか」

おしゃれなバーは初めてのくせに、いかにも慣れているように装って返しつつ、そのままそっくり彼に質問する。

「レオさんは？」

「俺はここがお気に入りでね。もっぱらここばかり」

「このお店、とっても素敵ですものね。景色も抜群ですし雰囲気もとってもいい。普段はどなたかとご一緒に？」

女性を連れてきているのかと、それとなく探りを入れる。真紘ほどの男なら、女性は放っておかないだろうから。

（それはそれでちょっとジェラシーなんだけど、モテる男なら仕方がないわ）

現に今も彼は、店内にいる女性客たちの熱烈な視線を浴び放題。お客さんだけでなく女性スタッフまでチラチラと見ている。真紘が手を上げてなにかを注文しようものなら、我先にと駆けつけるだろう。

「いいや、たいていひとりですよ。寂しいものです。でもだからこそ今夜は素敵な出会いがあった」

「……え？」

「モモさんに会えるからこそ、これまでの寂しい夜があったのでしょう」

真紘が比奈を見る。その目に見たこともないような熱っぽさを感じ、鼓動が飛び跳ねた。

（もしかして真紘さんって日頃から女性に声をかけて、一夜限りの関係を持っているの？）

〝出会ったばかり〟の比奈にアプローチしているも同然の態度に困惑する。比奈が知っている真紘は少なくとも軽い男ではないため、願った通りの展開とはいえ戸惑わずにはいられない。あまりにもトントン拍子に進みすぎだ。

でもここで動揺していては話にならないし、仮にそうだとしても比奈にとっては好都合。真紘との関係を深めるチャンスだ。

「本当にお上手ね。いつもそうして女性を誘ってるの？」

唇に笑みを浮かべ、意味ありげに彼を見つめ返した。余裕ぶってはいるが、心臓はバクバクだし、今にも口から飛び出して転がっていきそうだ。

グラスをひと思いに空にし、バーテンダーにお代わりを頼む。カーッと喉が熱くなるのと同時に、真紘への想いが燃え上がるのを感じた。なにしろ十年以上も燻り続けてきた恋。彼との再会で、その火種は大きな炎になっていた。

すぐに出された二杯目のダイキリに軽く口をつけ、グラスを置いた手に真紘の手が重なる。

「そう見えるのだとしたら心外だな。モモさんが初めてだ」

真紘の骨ばった指が、比奈の細く長い指の間に滑り込む。どことなく情事を匂わせるように撫でられ、思わず声が出そうになった。

女性に声をかけるのは比奈が初めてだと言われ、胸は歓喜に震える。

(これってもう落ちたも同然!? 真紘さん、私を誘ってるわよね?)

指先から伝わる熱が、その先を連想させて目眩を起こしそうだ。

「嘘でもうれしい」

「嘘じゃない」

「それじゃ、私が今夜は帰りたくないって言ったら?」

この波に乗らないわけにはいかないと、意を決し挑発する。あくまでもこういう状況は慣れていると装って。

重い女だと思われたら終わり、手を出してもらえなくなる。

真紘はかっと目を見開き、比奈を凝視した。

（はしたない女と思われちゃったかな。どうしよう、取り消したほうがいい？　でも、なんて誤魔化したらいいの）

重い女とは思われたくないし、かといって品位の欠片もない女にも見られたくない。わがままな願いを自分で持て余して焦りに焦る。

澄ました顔をして誘うような真似をしておいて、今さら冗談めかす高等技術は持っていない。沈黙の払拭方法を見いだせず、微笑が顔に貼りつく。

真紘はなにやらひとり言を呟きつつ、気難しいような悩ましいような複雑な表情を浮かべていた。

（もう終わり、私の計画は失敗ね……）

諦めかけて俯いた瞬間、重なっていた手がぎゅっと握られる。

「お望み通りに」

パッと顔を上げると、彼の情熱的な眼差しが待ち構えていた。

「え？」

そのまま手を引き上げて、比奈を椅子から立たせる。

「行こう」

真紘は耳元に吐息で囁き、スマートに会計を済ませた。

（嘘でしょう。本当に？　真紘さんの誘惑に成功したの？）

半信半疑のまま彼に手を引かれる。真紘は真っすぐ前を向いたまま、ひと言も話さずにエレベーターに比奈を連れ立った。

まさかこんなに簡単に成功するとは想像していなかったため、戸惑わずにはいられない。頭も心も取っ散らかった状態だ。

でもこの夜は絶対に逃したくない、真紘に処女を捧げたい。

その願いが叶うところまできたため、胸は異常なほどに高鳴り、酸素もうまく吸えなくなる。フロントでチェックインを済ませた彼に、ホテル最上階の一室に連れられた。

ドアを開けて中に入るなり、逞しい腕に後ろから抱きすくめられる。瞬間、シトラスにウッドが溶け合った独特な香りに包まれた。爽やかでありながら官能的な匂いが大人の男を感じさせ、鼓動が速いリズムを刻んでいく。

視界にベッドが映らない点からするとスイートルームのようだが、豪華な造りに気を取られている場合ではない。

長い髪をかき上げ、真紘が比奈の首筋に唇を押し当てる。温かくやわらかな感触にぴくんと肩が跳ねた。

体を反転させられ、見つめ合う間もなく唇が重なる。

（私、真紘さんとキスしてる！）

フロントでチェックインを済ませたときからこういう展開になるのはわかっていたし、もともとそれを望んでいたにもかかわらず、予想以上の喜びが込み上げてくる。

十七年間も秘めてきた想いがあとからあとから溢れて止まらない。

(でも、なにをどうしたらいいの？)

唇を割って侵入してきた彼の舌に驚いて、思わず自分の舌を奥に引っ込めた。恋愛経験のない比奈にとっては今のキスが初めてのため腰が引ける。

「逃げるな」

いったんキスを解き、甘く命ずる真紘の低くかすれた声にゾクゾクする。

(あぁ、なんてセクシーな声なの！)

身悶えするほど官能的だ。

「舌を出せ」

おずおずと、しかし言われるままに突き出した舌はすぐさま彼に絡めとられた。

生ぬるく、ぬるりとした感触は、初めてなのに全然嫌じゃない。それどころか男女の交わりを連想させ、否が応でも気持ちが高ぶっていく。

(なにこれ……体がじんじんして熱い……)

じゅるっと音を立てて吸われ、頬の裏や歯列をくすぐられ、初めて知る刺激が吐息まで湿らせる。

「んんっ……はぁ……」

夢にまで見た真紘とのキスは、想像以上に情欲的だった。

後頭部でいたずらに髪を弄んでいた手が背中を下り、いつの間にかブラウスのボタンを外していく。真紘の舌使いに夢中になっていたため、はらりと片方の肩が露わになったときにようやく脱がされているのだと気づいた。

(あっ、ちょっ……どうしよう!)

まさかこんなに早く脱がされるとは考えてもいない。

「待って」

咄嗟(とっさ)に彼の手を止めると、情欲に色塗られた目で射るように見つめられた。

「待てない」

比奈を制する手つきは、やんわりとしているようで強制力を孕(はら)んでいる。思わず息を呑んだが、彼に強く求められれば比奈には抗えるはずもない。

「ここへきて止めろというのは酷だ」

「ち、違うの。シャワーを浴びたいから」

初めて真紘と結ばれるのに汚れた体を差し出したくない。ただそれだけだ。

怖気(おじけ)づいたわけではない。その証拠に、今まで経験したこともないほど胸は大きく高鳴っている。

「シャワー? キミの匂いがなくなるじゃないか」

「でも汗をかいて、臭いし汚いから」

「キミは臭くないし、どこも汚くない」

真紘は比奈の首元に鼻を押しつけて息を吸った。

「——ひゃっ」

「むしろ香しい匂いだ」

うれしいような恥ずかしいような、複雑な気持ちだ。

「……本当にこのままで？」

「ああ、そうさせてくれ……頼む」

最後の言葉が比奈に決断させる。真紘に懇願されて従わない女性なんているだろうか。

（きっといないわ。誰だって従いたくなるはずよ）

いつも女性とそうしているのなら、比奈だって負けてはいられない。

妙な闘争心に火がついた。

今夜は最初で最後。後悔はしたくない。

「わかったわ」

比奈が答えると同時に体がふわりと浮く。

真紘は比奈を抱き上げ、部屋の奥にある寝室へ奪うようにして連れ去った。

高い天井のアーチや美しい曲線を描く猫足のテーブルやソファなど、クラシカルな部屋に風が巻き起こるほどの俊敏さだが、その動きはあくまでも華麗で優雅。中央に位置する大きなベッドに横たえられた比奈は、両手を胸の上で心許なく組み、頼りなく瞳を揺らしていた。

ブラウスがはだけたいっぽうの肩には下着のストラップが露わになっているが、それをなおす余裕はない。

真紘は比奈をじっと見つめながらジャケットはもちろん、ネクタイやワイシャツを脱ぎ去った。それらがはらりと舞ってフロアに落ちる。

ほどよく隆起した胸とうっすら割れた腹筋に目を奪われずにはいられない。美しく逞しい肉体と、獣にも似た真紘の真っすぐな眼差しだけで、体じゅうの血流が激しくなる感覚だ。

ベッドに上がった彼が比奈を組み伏せる。やけにゆっくりとした動作のくせに性急に感じさせるのは、彼の肩や胸が息を吸うたびに大きく上下しているせいだろう。

ベッドに縫い留めるようにして両手を拘束される。

(私、本当に真紘さんに抱かれるんだ……)

もうあとには引けない。引くつもりもない。

真紘にとっては数あるうちのひとりでも、たとえ別人としてでも、そして一夜限りだとしても、この夜さえあれば生きていける。

「レオさん」

真紘と呼べない悲しさなんて、なんでもない。

「モモ」

まるで愛しい人に対するように呼んだあと、唇を比奈のそれに押し当てた。

すぐさま侵入してきた舌が口腔内でいやらしく蠢く。先ほどのキスで潤ったそこは、彼の舌を快く受け入れた。

水音を立てながらお互いの唾液をかき混ぜ、キスは次第に激しさを増していく。貪り合うような口づけに気を取られているうちにブラウスは脱がされ、胸に解放感を覚えたときにはブラジャーのホックが外されていた。

浮いたカップから白くたわわな膨らみが零れたため、反射的に手で隠す。

(――は、恥ずかしい……!)

後腐れのない男慣れしている女と思わせたいのに、初心な反応が咄嗟に出てしまう。

「ここで止めたい?」

〝止めたくなんてないだろう?〟と言っているように聞こえる。

もちろん、止めたくなんてない。絶対に叶わないと思っていた願いが今、現実のものになろうとしているのだから。

首を横に振り、手を体の脇に下ろすと、真紘は目を細めた。

「そういう反応は嫌いじゃないが、焦らされるほどに欲求は大きくなると覚えておいたほうがいい」

もったいつけるようにブラジャーを外し、比奈の上半身を完全に露わにする。

瞬間、真紘が息を呑むのがはっきりと聞こえた。上下した喉仏がなぜか卑猥(ひわい)に見える。

目で犯されている気分になるほどじっと見つめられ、恥ずかしさでいっぱいだ。

「綺麗だ……これまで想像していたよりずっと」

真紘は実感を込めたように呟いた。

(これまで想像していた?)

比奈が疑問に思ったそのとき、真紘がその胸元に顔を埋めたため背中がのけ反る。

「——ぁっ」

優しく鷲掴みにされた膨らみに彼の指が食い込んだ。

「いい匂いだ。これがモモの……。甘い媚薬だ」

胸元で大きく息を吸っては吐き、まるで比奈の匂いをすべて嗅ぎ尽くそうとしているみたいだ。

(そんなにクンクンして、真紘さんってもしかして匂いフェチなの? くすぐったいんだけど!)

ふっと鼻から息を漏らしながら体をよじる。

「キミは感じやすいんだな」

「だって、くすぐったいから」

真紘の髪や吐息がかかると、皮膚の表面が粟立ったようになる。

「それは感じてるのと同じ。普段はくすぐったいと感じる部分でも、こういう状況で触れられると性感に変わる体の部位を連想性感帯と呼ぶんだ」

「連想性感帯?」

「ここは?」

「ぁっ」

考える間も与えてもらえない。真紘が脇の下をぺろりと舐めた瞬間、ゾクッとした刺激が体を駆け抜ける。くすぐったさとは異質の感覚だ。

「こっちはどう?」

「ひゃあっ……」

今度はへそをぐるりと舌でなぞられ、お腹が上下に激しく揺れる。続けざまに胸の膨らみの先端を指先で弾かれ——。

「やぁあん」

背中が弓なりになった。これまでの刺激とはレベルが違う。

「いい声だ。もっと聞かせて」

比奈の反応に気をよくした真紘は、薄紅色に色づいた先端を口に含んだ。

「ああっ!」

肉厚の舌で転がされて身悶える。次から次へと未知の刺激を教えられ、体がバグを起こしたかのよう。そうなるとなにをされても快感でしかなく、脇腹から脇の下を指先が這うだけで鼻にかかった声が漏れてしまう。

ああ、これが連想性感帯なのかと頭の片隅で考えながら、次第にその思考回路さえ官能で塗り潰されていく。そうしているうちにスカートを脱がされ、ショーツ一枚にされた。

真紘は優しく鷲掴みにした両方の胸を交互に口に含んでは吸い、舌でくにくにと弄ぶ。

「ま、待って……！　あん、ハァ……ハァっ」

「待てって、止めてほしいのか？　こんなにコリコリにしておいて？」

彼の巧みな舌使いで硬くなった頂は朱色に染まり、ふるふると震えている。もはや彼の吹きかけた息だけで感じてしまう。

「だって、ま――、レオさんがぁっ……ぁあっ」

気が緩んで本当の名前を呼びそうになり、霞んでいた頭が一瞬だけ冴えわたる。すぐにレオと呼びなおした瞬間、胸の先端を軽く摘ままれ背中がのけ反った。

「俺がなに？」

「……気持ちよく、ぁ……しすぎるからぁっ」

キスと胸への愛撫だけでこんなに感じさせられたら、その先はいったいどうなるのか想像ができなくて怖い。

胸に顔を埋めていた真紘がパッと比奈を見る。眉根を寄せた苦悶の表情だ。

「あまりかわいいことを言わないでくれ。抑えが利かなくなる」

「抑える必要、ありますか？」

かわいいと言われるのはうれしいし、自制が利かなくなるほど彼を興奮させられるのはもっとうれしい。

それに真紘と一緒に過ごせる夜は今夜だけ。理性なんてどこかに飛んでいってしまえばいい。欲望と本能だけあればそれでいいから。

　真紘は肩で大きく呼吸をして、その瞳に獣のような鋭さを宿した。

「本当にいいんだな」

　思わず息を呑むほど強く見つめられ、比奈が小さく頷き返した直後、真紘の手が下腹部へ伸びていく。今夜のために着けたレースのショーツは布部分がほとんどないうえ、両脇をリボンで結んだ、いわゆる勝負下着。真紘に喜んでもらいたくて精いっぱい選んだセクシーなものだ。

　彼の手がどこを目指しているのかなんて、いくら未経験の比奈でもわかるため、その動きに意識が集中して鼓動が速まる。

　真紘は溢れるほどの熱を滲ませた眼差しで比奈を見つめながら、ショーツのウエスト部分から大胆に指を忍ばせた。

　薄い茂みをかき分け、秘めた部分にそれが到達した瞬間、鮮烈な刺激が体じゅうを駆け巡る。

「あああっ！」

　ぬるりとしているのは自分でもわかった。それがどういう体の反応なのかも知っている。

「下着の意味がないな。びしょ濡れだ」

「やっ、言わないで」

　耳を塞ぎたくなるほど恥ずかしくて目を逸らす。

　それなのに真紘の声色はものすごくうれしそうだ。

「脱ごうか」

指先でリボンを解き、いともたやすくショーツを取り払った。

なにも纏わない姿を晒し、恥ずかしさに輪がかかる。自分から挑発するような真似をしたため、隠したい気持ちを必死に抑えて耐え抜く。

(それに初めてだってバレないほうがいいもの。必要以上に恥ずかしがったら、こういうのに慣れた女だって思ってもらえないから)

真紘が比奈をホテルの部屋に誘ったのは、悲しいけれど性に奔放な女だと見越したからだろう。

シーツをぎゅっと握りしめていると、真紘は内腿を優しく割って比奈の秘所に触れた。

「あぁっ、ハァ……んんっ」

浅瀬を行き来するたびにくちゅくちゅといやらしい水音が立ち、比奈の耳まで犯しにかかる。

「この音、聞こえる？　洪水を起こしたみたいだ」

「こ、洪水なんてっ」

そんな大袈裟なと思ったそばから、お尻に向かってツーッと伝う生温かいものの存在に気づいて顔が熱い。

しかしすぐにそんなことにかまっていられなくなる。真紘は比奈のとろりとした蜜をまぶした指先で、まだ姿を潜めている小さな蕾に触れたのだ。

「いやあんっ……！」

大きく腰が弾み、声は切れ切れ。指が往復してそこに触れるたびに、まるでスイッチでも押されたみたいに体がビクビク反応する。

「あっ、あっ……ダメ……んん～っ」

恥ずかしさのせいなのか、それとも込み上げる興奮のせいなのか、声がおかしいくらいに震える。

「かわいい声だ。もっと聞かせて」

「そんな……ンハァ、ぁっ……」

執拗に与え続けられる刺激は、愉悦の波となって比奈に襲い掛かる。指の腹で擦られ、摘まれた秘芽はぷっくりと膨らみ、朱く充血していた。

「こっちも触れてほしいだろう？」

「んんっ」

蜜海に指を泳がせながら、真紘がピンとなった胸の尖端まで口に含む。舌の先で転がされ、そちらに意識を持っていかれている隙に骨ばった指が襞をかき分け比奈の中に呆気なく侵入を果たした。

「――やっ、それはダメなの、待って待って……！」

それまで従順に受け入れていたが、今度ばかりは腰が引ける。なにしろ初めての経験、気持ちよさとは裏腹に異物を受け入れる恐怖がある。

「なぜだ。こんなにびしょびしょにしておいて」

処女だとバレないほうがいいと頭でわかっているのに、内股に力が入ってしまう。経験豊富な女を演じるはずが、土壇場になって素が出る。

「……少し狭いな」

「あのっ、ほんとに待って」

つい彼の手を押さえると、真紘は訝しげな顔をして比奈を見つめた。

「もしかして初めて……なのか？」

「え、あ、その……」

しまったと思ってもあとの祭り。しどろもどろになりながら目を泳がせる。

そんな反応では肯定しているも同然だ。

（どうしよう！　でも経験が豊富そうな真紘さんに今ここで取り繕っても、挿入するときに私が痛がってバレちゃうでしょう？　それとも我慢すれば平気？　でも、ものすごく痛いってよく聞くし。だけど処女は抱けないって言われたら？）

頭の中で激しい葛藤が繰り広げられる。比奈がもっとも恐れるのは、真紘に拒絶されることだ。

「モモ、正直に言ってくれ」

ここまで食い下がるのは確証を得ているからだろう。

どのみち嘘はこのあとすぐにバレるのなら、腹をくくるしかない。

「……ごめんなさい」

そのひと言ですべてを悟った真紘は目をこれ以上ないくらいに見開いた。

「でもここで止めないで！　お願い！」

中途半端に快楽を与えられて放り出されるのは酷だし、ここまできて真紘を諦められない。

「そうか、処女なのか、そうだったのか……」

真紘が肩で大きく息をしはじめる。その眼差しや綻ばせた頬に歓喜が滲んでいるように見えるのは、比奈の錯覚か。それとも〝勘弁してくれよ〟とうんざりしているのか。

だとしたら非常に困る。比奈にはこの一夜しかないのだから。

「お願いだから抱いて」

なりふり構ってはいられない。真紘に抱いてもらえないまま、好きでもない人と結婚したら一生後悔するから。

「ここで止めるわけがないだろ。こんなに喜ばしいことがほかにあるか」

「え？」

(喜ばしい？　……もしかして真紘さん、処女キラー？)

未経験の女性としたがる男性なのだろうか。声を震わせる真紘の様子から、心底喜んでいるのがわかる。特殊な性癖に一瞬戸惑いを覚えたが、今夜の比奈には好都合。

(よかった。それならちゃんと最後までしてくれるよね)

事の成り行きにハラハラしていた比奈はほっと息をつく。

「だが、経験もないのにどうして俺についてきた？」

「そ、それは……」

安堵したのも束の間、返答に困る質問をされて言葉に詰まる。真紘に初めてをもらってほしかったからなんて絶対に言えないのだ。

(なんて答えたらいいの……)

瞬きをしながら視線をあちらこちらに彷徨(さまよ)わせて迷う。処女のくせになんて大胆なことをする女だと真紘も思っているだろう。

「友達はみんな経験済みなのに、いい歳して私だけ未経験なのが恥ずかしいから……」

ほかに適当な理由が思いつかなかった。真紘の反応が怖くて目を合わせられないが、彼は納得するだろうか。

(そんな理由で、初めて会った男に捧げるようなものではないと諭されたらどうしよう)

しかし、そんな不安はすぐに払拭される。

「わかった。俺にすべて任せろ。全部俺が教えてやる」

頼もしい言葉で締めくくった真紘は、唐突に比奈の膝を立てて足を大きく開かせた。

「きゃっ！」

自分ですら見たことのない秘められた場所を大好きな真紘に見られ、恥ずかしさどころの話でなくなる。

閉じようとしたが一歩及ばず。真紘は両腿の内側を手で押さえ、比奈の抵抗を阻んだ。

「……すごく綺麗だ」

色情を孕んだ囁きが吐息ごと比奈の秘所にふわりとかかる。

「やっ、恥ずかしい……！」

隠そうとして伸ばした手をやんわりとどかし、真紘はそこに顔を埋めた。

「そんなのダメっ、汚いから！　——あああっ！」

生温かく肉厚の舌が、秘裂をゆっくりと舐め上げる。最後にぷっくりと腫れ上がった小さな部分を舌で弾かれ、体の中心からじゅわっと熱いものが溢れるのがわかった。

その隙に真紘は、ほとばしるその蜜を指にたっぷりとまぶし、ゆっくり慎重に比奈の中に埋めていく。

正直に処女だと打ち明けたせいか、先ほどのような恐怖は微塵も感じない。それどころか敏感な部分に絶えず与えられている刺激が、比奈を貪欲にさせる。

（もっと気持ちよくなりたい。真紘さんをもっと感じたい）

緩やかに抽送をはじめた指を逃すまいと、無意識に力が入る。

「気持ちいい？」

「……気持ち、いい……ハァ……」

「すごいな、指が食べられそうだ」

徐々に挿入のスピードを上げていきながら、高速で舌を動かし小さな突起をいたぶる。比奈のそこは真っ赤に膨れ上がり、ツヤツヤとした輝きを放っていた。

「……食べたりなんて、しませんからぁっ……ぁっそれ、気持ちよすぎてっ、んん～っ！　こんなの、知らな……っ、ああっ」

（頭が……おかしくなっちゃう……！）

どんどん高まる波をどうしたらいいのかわからず、首を激しく左右に振る。頭の中は白く霞み、体じゅうが沸騰したように熱い。

「……ほんとにダメぇっ！　んぁっ、ハァ……」

「そのままイケばいい。ほらっ」

真紘が攻めの手を強めたそのとき、強烈な快感に全身が包囲される。

「あああ～～～っ！」

高いところに高速で連れていかれるような心地がした直後、なにかが弾ける感覚とともに下肢がヒクヒクと痙攣。一気に力が抜けた。

「かわいすぎて……俺ももう……」

真紘は比奈から引き抜いた指を長い舌で舐めた。

汚いからやめてと引き止める余力もない。強い脱力感に見舞われ、息を弾ませたまま彼を見つめていると、真紘はベルトを外してスラックスを脱ぎ去った。

ボクサーパンツだけになった裸体の美しさに、再び目を奪われる。筋肉質の体から放たれる色香は、スーツ姿の知的な印象とのギャップが凄まじい。

なによりボクサーパンツを押し上げているものの存在に鼓動が跳ねた。

「キミに頼みがある」

「……なに？」

真紘が自身の高ぶりを指差す。ボクサーパンツはさぞかし窮屈だろうと心配するほどの膨らみだ。

「今の状態のままだとキミの中に挿れた瞬間、イッてしまうだろう」

「つまり？」

「一度出したい」

言っている意味がわからず首を傾げる。

「キミの手でしごいてくれ」

「ええっ⁉」

彼に抱き起こされ、向かい合って座る。

「三擦り半もしないでイクなんて無様な姿は晒したくない」

「私が手で？」

真紘は深く頷いた。

比奈に欲情した結果が今の彼の状況だと思うと愛しいし、自分も彼に気持ちよくしてもらったから、そのお返しをしたい。真紘にも気持ちよくなってもらいたい。

「わかりました。でも、やり方はわからないし、下手だと思うの」

「それでもいい。キミの手だからこそ、なせる業だ」

彼の言葉に後押しされて勇気が湧く。

(私も真紘さんを気持ちよくさせたい)

その一心で、腰を上げて脱がせやすくしてもらった彼のボクサーパンツに手をかける。そろそろとパンツを引き下げると、中からぶるんと勢いよく彼のものが飛び出した。

(——きゃっ)

驚いたが、声は心の中だけになんとか留められた。それにしても……。

(すごい。男の人のものは初めて見たけど、こんなに大きいものだったの……。これが真紘さんのなんだ……)

浅黒く猛々しい逸物はぐんと反り立ち、まるで彫刻のよう。卑猥なもののはずなのに、とても神聖に見える。思わず生唾を飲み込んだ。

「手を」

真紘に取られ、手をそこにあてがわれる。

「……硬い」

そのうえ火を灯したみたいに熱い。

「キミがかわいい姿を見せるからだ」

責任をなすりつけられたのに褒められたように感じる。

(真紘さんみたいな素敵な人を私が興奮させられたなんてうれしい。がんばって気持ちよくしてあげなきゃ)

俄然やる気が湧いてくる。

「動かしてもいい?」

「もちろんだ」

彼に補助されながらそれを握ると、比奈の手にはとうてい収まらない太さだ。そっと上下に動かすと、真紘から短い呻き声が漏れた。

「っく」

「痛かった?」

比奈は加減したつもりだが、敏感な部分はもっと大事に扱わないといけないのかもしれない。

「……いや、気持ちがよくてすぐに昇天しそうだ」

比奈の見解とは真逆だ。

「ほんとに?」

「ああ。もっとしごいてくれ」

比奈の手に重ねた真紘の手が、先ほどよりも速く強く誘導してから離れる。

「こう?」

「ああ、上手だ」

ぎこちない手つきで懸命に上下に動かしていると、彼の逸物はさらに硬さを増していく気がした。ドクドクと脈を打ち、質量を上げていく。

上目づかいに彼を見上げると、真紘は恍惚とした表情を浮かべていた。

(真紘さんが私の手で気持ちよさそうにしてる……！)

そんな姿を見るだけで、比奈の秘所まで潤ってくるのがわかる。

(これが私の中に入ったらどうなるんだろう)

卑猥な想像をしたら体の中心がひどく疼いた。未経験のくせにはしたないと思いながら、それは相手が真紘だからだと強く感じる。

「……ぁあ……すごくいい。ひ……モモ」

「キスしたい。してもいい？」

「そんなの聞くまでもない」

真紘は比奈の肩を引き寄せ、奪うように口づけた。

すぐに侵入してきた舌が比奈のそれと絡み合い、溢れかえった唾液が口を伝って糸を引く。濃厚なキスに気を取られて手がおろそかになると、真紘はそれとなく手を重ねて優しく命じた。

「もっと速くしごいてくれ。……ああ、そうだ……」

彼の呼吸が徐々に乱れていくのに合わせ、キスをしながら必死に手を動かす。彼のそれはまだ余力を残していたらしく、さらに硬く重くなっていく。浮き出た血管の血流まで手に伝わってきた。

（もっと気持ちよくしてあげたい！）

絡めていた舌を解き、手の動きに集中する。すると彼の逸物が強く躍動し——。

「……っク！」

苦悶の表情を浮かべた真紘が短い呻き声を漏らした瞬間、その先端から白濁の飛沫をほとばしらせる。思わず手を離すと、ビクビクと痙攣しながら比奈の胸に飛沫を噴きかけた。

不思議と、それはとても神聖な光景だった。

「悪い、汚したな」

「大丈夫」

ティッシュペーパーを掴み、真紘が比奈の胸元と手を丁寧に拭う。比奈は汚れとも思っていない。

「これで思う存分、キミの中に入っていられる」

真紘は手にした小さな包みを口先で噛みちぎり、たった今、放熱したばかりの自身に薄い膜を纏わせた。

（でもちょっと待って。出したばかりなのに、もう復活してる？）

真紘の屹立は熱を発散させて小さくなるどころか、先ほどと変わらない形状を保っている。猛々しく天井を向いているのだ。決して手を添えているのではない。自立し、凛々しい姿を見せつけていた。

「そんなにまじまじと見るな」

「ごめんなさい。すごく元気だなと思って」

「一度出したくらいでへたったりしない。心配するな、キミの処女は俺がもらうから」

ベッドに組み敷かれ、大きく開脚させられる。真紘はさらけ出した比奈の泥濘に、熱く滾ったものを押し当てた。

比奈の秘所は十分熱を持っているはずだが、真紘のそれも負けていない。

「無理やり押し込んだりしないから力を抜いて」

痛みを予想して歯を食いしばる比奈を真紘が宥める。体の強張りも見抜いているみたいだ。

「ゆっくり挿れるぞ」

小さく頷き返すと、真紘はじわりじわりと比奈の秘裂を割ってきた。強い圧迫感につい腰を引いたが、真紘にすぐさま両手で押さえられる。

「キミはこっちで感じていればいい」

そう言って、快楽を教えられたばかりの蕾を指の腹で擦りはじめた。

「やぁんっ」

遠のいていた甘い愉悦が超特急でぶり返してくる。そこから生まれる快感に体じゅうが痺れ、気持ちよさが止まらない。真紘の指技に完全に陥落していた。

「あっ、ぁっ……」

じわりじわりと突き進む、焼けつくような圧迫感をも凌駕(りょうが)する刺激に足やお腹がヒクつく。

「全部入った」

「……え？」

意識を逸らされているうちに彼のものをすべて飲み込んだらしい。蜜口が大きく開き、途方もない大きなものを迎え入れている感覚だけはやけにある。

しかしそれ以上に、真紘とひとつになれた幸せで胸はいっぱいだ。でもここで過剰に喜んで、彼を困惑させたくない。あくまでも一夜限りのアバンチュールなのだから。

「ゆっくり動くから辛かったら言ってくれ」

「はい」

言葉の通り真紘が静かに腰を動かし出す。比奈への気遣いだろう、痛みを感じていないか探るように目を見つめながら。

彼が動くたびに引き攣れる感じはあるが、訴えるほどのものではない。たぶんそれは、真紘に十分解されたからだろう。想像していた強烈な痛みとは程遠い。

徐々に慣れてきたのか、深く、だんだんと大きくなる律動が、次第に甘い痺れを比奈にもたらす。

「ん……ふ、ぁ……ハァ」

堪えきれずに吐息が唇から零れ落ちていく。

「よくなってきたみたいだな」

真紘はゆっくりと体を倒し、逞しい腕で比奈を抱きしめた。

それだけで体が疼き、下腹部がきゅうんと狭まる感覚がする。

「っ、いきなり締めるな」

「そんなこと言われても……」

自覚がないのだからどうしようもない。

「ほんとにキミはまったく」

呆れた口ぶりなのに、どことなく困っているような眼差しを向けながら、真紘は比奈の唇を塞いだ。

舌をしごいては吸い、腰まで休まず動かす。比奈の中が彼で満たされ、多幸感しかない。

そこに愛はなくても、これっきりでも、それでも十分だった。ひととき彼と繋がれた事実だけでいい。

「ま……レオさん！」

思わず真紘と呼びそうになったが、かろうじて残る理性が〝レオ〟と呼びなおさせる。

ときに激しく、ときに緩やかに交わりを深めながら、熱に浮かされたように彼にしがみつく。

「ああっ、もう……変になっちゃう、ぁっ、あっ、あああっ、そこ……そこがいい……！」

真紘が穿った先から生まれた快感が、ゾクゾクとした心地よさを体じゅうに響かせていく。

「ここか、ここがいいのか」

「そこっ、……ああっ、ダメぇー！　それ以上したら壊れちゃうからぁっ」

「ここがいいと言ったのは誰だ。……っく」

キミだろう？　と暗に含ませた低い声に劣情が滲む。真紘の緩急をつけた巧みな腰づかいにもはや陥落寸前だ。

「もうダメ……ハァハァっ、あ、あ、あっ……ああああ！」

彼の背中に爪を立て、声の限りに啼く。先ほどよりも強い絶頂は、比奈の体を大きく震わせた。ガクガクと下腹部が揺れ、彼を離すまいとぎゅうぎゅう締めつける。四肢をヒクつかせて達した比奈だったが、真紘の律動は止まない。

「悪いが、もう少し付き合ってくれ」

ロングストロークの動きで、真紘が自分を徐々に追い詰めていく。しばらくくたりと体を投げ出し、されるがままだった比奈の感覚も徐々に戻りはじめる。

また快楽を貪ろうと彼のものを締めつけ、自分でも抑えが利かない。

「レオさんっ、またきちゃう……ぁっ、うぅ……」

「一緒にイクぞ……っは、っ……モモっ、っく」

すぐに大きな波はやって来た。唇を吸い合い、舌を絡め合いながら、今度は一緒に果てを目指して高まっていく。

激しさを増す抽送は留まるところを知らない。

「ああぁっ、もうっ……んんんっああっ！」

「俺も出る……っ」

ガクンガクンと体を痙攣させる比奈の中に、真紘の熱い飛沫が解き放たれる。薄い膜越しでも感じる熱を逃したくなくて、真紘にぎゅっとしがみついた。


翌朝、比奈が目覚めたのは、真紘の腕の中だった。

まるで逃がさないとでも言っているかのように強くしっかりと抱かれていたため、胸がきゅうっと締めつけられる。最高の夜だったからこそ余計に切ない。

（でも、ここまで。これ以上は望んだらダメなの）

夢のような時間はもう終わりなのだ。真紘に処女を捧げられた事実があれば、それだけでいい。

真紘が眠っているうちにホテルをあとにしようと思い、彼の腕をこっそりすり抜けた。

急いで身支度をし、いざ部屋を出ようとドアに手をかけたそのとき――。

「なにも言わずに立ち去るつもりか」

真紘に呼び止められてしまった。不満そうなのが声からわかる。

「あ、その……よく眠っていたから起こさないほうがいいかと思って。それにちょっと用事もあって……」

ここを去るための適当な理由を連ねる。当然ながら用事なんてない。

「送っていくから待て」

「ひとりで帰れるから」

比奈のマンションまで送ってもらうわけにはいかないため、つい必死になる。せっかく別人になって願いが叶ったのに、それでは元も子もない。

「そうはいくか」

「本当に大丈夫。急いで行かなきゃならないからここで」

食い下がる真紘をなんとか制し、最後には真紘も納得したが……。

「それじゃ、ちょっと待って」

そう言っていったん部屋の奥へ戻り、真紘はメモ用紙のようなものを手にしてきた。

「俺の連絡先」

「えっ」

メモを差し出され、思考が混乱する。

(一夜限りの関係じゃなかったの？　真紘さんはこの先も会おうと思ってる……？　もしかして、処女を奪ってしまったから責任を感じてるの？)

優しい真紘ならありえる話だ。だとすれば、そんな心配はしてほしくない。

だって比奈は、真紘にもらってほしくて処女を捧げたのだから。それだけで幸せの極みと言っていい。

ところが受け取るつもりのなかったメモを、真紘は比奈の手に強引に握らせた。

「連絡待ってる」

懇願するような彼の眼差しに、比奈は心がひどく揺れた。

好きな人とは結ばれない運命

夢のような一夜だった。

一生叶わないはずの願いが叶った比奈は、切なさを胸の奥に押し込め、満ち足りた気持ちで帰宅した。

「ただいま」

比奈が声をかけると、長い尻尾を立てて愛しい存在が出迎えてくれた。

「にゃーん」

「モモ、ただいま」

頭を撫でると、気持ちよさそうに目を細める。一歳になる茶トラのメス猫、モモである。

モモとの出会いは近くの公園だった。カラスに狙われて怯えているところを比奈が保護したのだ。その足で連れていった動物病院で里親を探してもらっていたが、様子を見に通っているうちに情が湧き、避妊手術や予防接種などを経て比奈が引き取った。

ペット可のマンションに住んでいるのも決意のきっかけのひとつ。いつか犬か猫を飼えたらと漠然と考えていたが、ある日突然叶った。ちなみに名前の由来は、比奈の好きな果物が桃だからという短絡的なものだ。

「お留守番させてごめんね。ちゃんとご飯食べた？」

キッチンに置いてある自動給餌器を確認すると、昨夜と今朝の二回分がしっかり空になっていた。

「おりこうね」

「みゃあ」

屈んで頭を撫でると、モモは比奈の足に体をすり寄せてきた。やわらかな毛並みが気持ちいい。

このマンションは様々なタイプの部屋があり、単身者から大人数の家族まで暮らしている。比奈の部屋は１ＬＤＫとひとり暮らしにはちょっと贅沢な間取りかもしれない。友人の琴莉にも広くていいなぁと羨ましがられる。

セキュリティがしっかりしているマンションでなければ、両親にひとり暮らしを認めてもらえないため、二重のオートロック付きだ。

白を基調にナチュラルカラーの木材で揃えた家具など、部屋は全体的に北欧をイメージしている。差し色に使った青いふたり掛けのソファは比奈のお気に入りだ。

荷物を置こうと寝室に向かうと、モモもついてきた。ひと晩留守にしたため甘えたいのだろう。ゴロゴロと喉を鳴らして比奈にまとわりつく。

「おいで、モモ」

「みゃああ」

彼女を抱き上げ、ベッドに腰を下ろす。

「あのね、モモ聞いて。私、真紘さんとしちゃったの」

「にゃ？」

モモは〝なにを？〟とばかりに真ん丸な目で比奈を見上げた。

「だからね、真紘さんと……ああ、思い出しただけでもう……っ」

モモを抱いたままベッドに仰向けになり、体を激しく揺らして身悶える。モモまで「にゃあああ」と悩ましそうに鳴いた。

〝苦しい〟と訴えているのだろうが、浮かれている比奈は〝私の気持ちがわかるなんて、さすがモモ〟と都合よく解釈する。やわらかなモモの体をぎゅうっと抱きしめた。

昨夜は、間違いなく比奈の人生でもっとも幸せな夜だったと言っていい。

真紘とキスをして、彼に体じゅうに触れられて、ひとつになれたのだから。

昨夜はあのあとふたりでシャワーを浴び、朝まで彼の腕に抱かれて眠った。二度とそんなチャンスはないからもう一度抱いてほしかったが、真紘は初めてだった比奈の体を気遣って遠慮した。

「真紘さん、優しすぎる」

そんなところも大好きだと改めて実感する。下腹部の鈍痛は彼と結ばれた証。最後までふたりはモモとレオだったが、彼に処女を捧げられた事実に変わりはない。

（あ、そういえば……）

ふと思い出して、バッグのポケットに手を入れてメモを取り出す。今朝、別れ際に真紘が手渡してきたものだ。そこには連絡先が書かれている。

「つまり私が比奈だって気づかれなかったってことよね」

長年会っていないとはいえ、お互いに電話番号は知っている。比奈にこのメモを渡してきたのは、昨夜初めて会った女性だからだ。

そもそもモモが比奈だと気づいていたら、真紘は絶対に手を出さなかっただろう。血の繋がりはないとはいえ、義妹とセックスするなんて危険すぎる。愛がなければなおさらだ。

少し右上がりの文字を見て懐かしくなる。彼には中学生のときに勉強を教えてもらったことがあった。英語だろうが数学だろうが、なにを質問してもさらっと答えられる彼に毎度感心したものだ。

「走り書きなのに綺麗な字なのも、あの頃と同じね」

バッグからスマートフォンを取り出し、連絡先で真紘のページを開いた。

「……あれ？　番号が違う」

ぽつっと呟く。比奈のスマートフォンに登録している電話番号とメモの番号は違っていた。

（今日くれたのは仕事用の番号？　……でも普通に考えたら、ああいう状況になった女性にナンバーを教えるとしたらプライベートのほうよね？　なんでだろう）

比奈は、隣で毛づくろいをはじめたモモの背中を撫でながら首を傾げた。

比奈のスマートフォンに登録されている番号は、彼が高校生のときから使用しているもの。つまりプライベート用だ。

（それじゃこっちは……？　プライベートとはまたべつに、夜遊び用のもの？）

そうなのかもしれない。仕事とも普段の自分とも切り離した、別人になるためのアイテムなのではないか。

だとすればレオと名乗ったのも頷ける。

真紘が昨夜のように熱い一夜をほかの女性とも過ごしているのは比奈にとって辛い話だが、だからこそ計画が成功したとも言える。

「モテるから仕方ないよね。それに、たった一度だけって決めていたでしょう？」

自分に言い聞かせると、モモが隣で「にゃあ」と鳴いた。〝その通りよ〟と言っているみたいだ。

結婚前に真紘に抱いてもらえただけで満足しなければいけない。そう決めたのは自分だ。

真紘は『連絡を待ってる』と言っていたが、昨夜のことは大切な思い出として胸にしまい、比奈は父の決めた相手と結婚する。それは母を幸せにしてくれた父への恩返しであり、後継者を得た事務所の安泰は再び母の幸せとなって返ってくるのだから。

「ここには連絡しない」

彼からもらったメモを小さくたたんでバッグのポケットに戻した。

真紘と熱い夜を過ごした週明けの月曜日、比奈は戸惑いを必死に胸の中に抑え込んで仕事に向かった。

あの夜限り、彼にはモモとして二度と会わないと決めながら、この土日は自宅で真紘のことばかりをずっと考えていた。

比奈に触れた真紘の指先の感触、熱い唇を思い出すだけで悦びが込み上げ、胸は高鳴り体が熱を帯びてくる。

(もうっ、忘れなきゃダメ。願いを叶えたら終わりって決めたはずでしょう?)

改札を抜けて人で溢れる駅の構内を歩きながら、真紘の残像を追い払うように頭をぶんぶん振る。そうしても彼の妖艶な微笑みは消えず、代わりに頭を振りすぎて軽い目眩に襲われた。

(しっかりしてってば)

気をたしかに持ち、ふらついた足を立てなおす。オフィス街の中心地にある駅を出ると、ビジネスマンたちが颯爽と行き交う中を歩いて五分、阿久津法律事務所が入居する高層ビルのエントランスをくぐった。

内科や整形外科のクリニックや会計事務所などが入居するオフィスビルは慌ただしい空気に満ち、みんなが吸い込まれるようにしてエレベーターに乗り込んでいく。一階にあるコーヒーショップで、テイクアウトした飲み物のプラカップを持っている人もちらほら見かけた。

事務所は二十階から二十七階を占有しており、ここ東京本社ではおよそ二百人が働いている。

弁護士法人のため、形態は一般的な株式会社と同じだ。つまり弁護士と彼らの秘書、パラリーガルなどとはべつに事務全般を請け負う部署もあり、比奈は大学を卒業後に入所し総務部に所属している。

二十階でエレベーターを降りて受付から中へ、すれ違う人たちと挨拶を交わしながら自部署に向かう。

「おはようございます」

比奈の挨拶に方々から「おはよう」と声が上がった。

総務部に在籍しているのは男女合わせて十名。労務管理や文書管理、社内規定管理などが主な担当業務である。

自席に着いてパソコンが立ち上がるのを待っていると、カートを押して現れた人物に声をかけられた。

「比奈ちゃん、早速で悪いんだけど、これを各部に配ってもらえる?」

秋元美保子(あきもとみほこ)、二十八歳、比奈が頼りにしている先輩である。ぱっちりとした目元がチャーミングで、パーマをかけた栗色のショートカットがよく似合う快活な女性だ。

スカートを穿いたオフィスカジュアルのスタイルが多い中、常にパンツスーツをびしっと着こなし、金色のバッジを付ければ弁護士にも見える。

カートに載せていたダンボールから、美保子がA4サイズの封筒を取り出す。

「ストレスチェックの問診票ですね。気が利かなくてすみません」

〝所長の娘だから〟と特別扱いや気を使われるのを避けるため、常日頃から先輩や同僚より早く動こうと努めているが、たまに先を越されてしまう。

でもその心がけのおかげか、比奈は事務所のみんなにかわいがられている。所内では基本的に下の名前で呼ばれているが、親しみを込めて名前にちゃん付けで呼ばれるのもその証だろう。

「いいのよ、そんな。先週末、比奈ちゃんが退勤したあとに届いたの」

美保子は、だから気づかなくて当然だとフォローしてくれた。

所員の体や心の健康管理も総務部の職務のひとつ。年に一度実施されるストレスチェックは健康診断同様、企業に義務づけられており、案内や実施後に送られてくる結果表のフォローも欠かせない。

「ありがとうございます。では、早速行ってきますね」

「お願いね」

東京本社だけでも二百人を超すため、問診票だけでも大きなダンボールいっぱいだ。カートを押し、いざスタート。個人ごとに机に伏せて置いていくため、結構な作業である。

同じフロアを終え、順繰りにエレベーターで移動しつつ配り歩く。

二十二階から上の階は、比奈たち事務方がいるフロアとは空気がガラッと変わる。すれ違う人たちからは知的な雰囲気が漂い、体にフィットした高級そうなスーツの襟元には金バッジが光り輝いている。そう、弁護士たちがいるフロアなのだ。

法律専門事務員であるパラリーガルはワンフロアにデスクを並べているが、弁護士はそれぞれ個室を割り当てられている。重厚なドアにはバッジ同様、金色のプレートに名前が掲げられる。

比奈たちの階層はフロアタイルが敷き詰められているが、ここから上は毛足の長い絨毯が敷かれている。神経を使う仕事のため、極力音を立てないようにとの配慮からだ。

各部屋に防音処置も施されており、クライアントの秘密保持にも留意している。

ピンと張った空気が比奈の背筋を伸ばした。ここへ来ると、どうしても緊張してしまう。

一室ずつノックして声をかけつつ、一人ひとりに手渡しして歩いていると、向かいから歩いてくる長身の男が軽く手を上げた。

「比奈さん、おはよう」

さらりとした黒髪に一重瞼の知的な顔立ちに笑みが浮かぶ。襟元に輝く金バッジを付けたネイビーのスーツは、体のラインに沿うシルエットに品格が漂う。

大鷲博希、比奈の結婚相手にと父が考えている男である。さすが義父のお眼鏡に叶った人物、胸を張った立ち姿から自信が満ち溢れている。

「おはようございます」

比奈はカートから手を離して頭を下げた。

「ストレスチェックの問診票？」

「あ、はい。大鷲さんの分もここにありますので」

ダンボールの中を覗き込んだ彼に頷きつつ、彼の名前の封筒を探して取り出した。

「もうそんな時期なんですね。ついこの前やった気がするけど、もう一年が経つのか」

「そうですね、速いですね」

彼に合わせて答え、封筒を手渡す。

時間の経過は年々速くなっており、入社して三年目に突入したのも未だに信じられないくらいだ。

「ところで、比奈さんにも所長から話があったと思いますが……」

大鷲は、近くに人がいないのを確認してから切り出した。

きっと結婚の話に違いない。真紘に抱いてもらった悦びがいきなり薄れ、代わりに二度とあんな夜は迎えられない寂しさがじわじわと比奈に迫ってきた。

「大鷲さんは本当によろしいんですか？」

本当は困っていたらいいのにと、つい願って確認する。大鷲にその気がなければ、今回の話は流れるだろうから。

そうなれば義父はべつの人間を探すから、結局堂々巡りではあるが。

「え？　それは結婚相手が比奈さんでって意味ですか？」

「はい」

仕事ができるうえ所内でも女性人気が高い大鷲なら、お世話になっている事務所の所長の頼みとはいえ、安易に決めることなどないはずだ。恋人だって、いてもおかしくない。

「もちろんですよ。比奈さんはお嫌ですか？」

大鷲が一歩前に近づき比奈の顔を覗き込むようにしたため、反射的に一歩下がる。

「い、いえ、そういうわけでは……」

相手を前にして正直な意思表示はできない。それも事務所の未来と義父の期待がかかっているのだから。

とはいえ目だけは欺けずに頼りなく泳ぐ。

「それはよかったです。では、お見合い、楽しみにしていますね」

まだ日程は決まっていないが、両家の顔合わせの意味合いを持つお見合いの場を、近いうちにセッティングすると、義父から聞いていた。

自分の立場を目の前に改めて突きつけられ、気分が一気に落ち込む。真紘と体が繋がったからこそ、余計にその落差が激しくて動揺する。

あの一夜限りだと自分に言い聞かせたはずが、現実を前にすると理性と感情は連動してくれない。

しかし、義父の意向に背くような真似はできないし、母を幸せにしてくれた恩を仇で返したくもない。

大鷲は口元にだけ笑みを浮かべ、〝弁護士　大鷲博希〟とプレートが掲げられた部屋に入っていった。

(真紘さんに処女をもらってもらえただけで幸せだと思わなくちゃね)

比奈は心の中で呟き、気を取りなおしてカートを押した。

その週の金曜日、比奈は仕事を終えたあと琴莉と待ち合わせてアジアンダイニングへやって来た。夜風が心地いい時季のためテラス席に案内してもらう。どうせならちょっとリッチにコース料理を注文しようと決めたのは、高層階から見える煌びやかな夜景のせいだろう。贅沢気分を味わいたくなる。

ゆったりとしたひとり掛けのソファは座り心地がよく、爽やかなそよ風に吹かれて長居してしまいそうだ。

琴莉とふたりでワイワイ楽しみながらメニューを見て料理を選ぶ。生春巻きやガパオライスなどエスニックの定番がずらりと並んでいる。

ひと通りコース料理をチョイスし、すぐに運ばれてきたドリンクで乾杯。ベリーロワイヤルの炭酸が喉にしゅわっと染み渡る。

「琴莉のおかげで、無事に夢が叶いました」

「え？　もしかしてもしかするの⁉」

一瞬きょとんとした琴莉はすぐにテーブルに身を乗り出し、比奈に食いつくように言った。

「うん、先週末、真紘さんと……」

打ち明ける恥ずかしさが比奈の頬を赤く染める。でもアドバイスをくれた琴莉に、内緒にはできない。

「うわぁ、そっかぁ、とうとう本懐を遂げたのね。それで正体は？　比奈だってバレなかった？」

「それがぜんっぜん」

首を大きく横に振る。比奈も未だに信じられないが、真紘が気づいた様子はまったくなかった。

やはり最後に会ったときの比奈が、今よりぽっちゃりしていたせいだろう。十代から二十代にかけては、女性が一番変化するときだ。

「〝モモ〟って名前を使ったんだけど、すんなり受け入れてた」

「モモって、飼ってる猫じゃん」

琴莉がクスクス笑う。

「ほかに思いつかなくて。あ、でもね、真紘さんも私に〝レオ〟って名乗ったの」

「レオ？　偽名ってこと？」

「うん」

あれはどうしてなのか、今も不可解なままである。

メディアで顔出ししているため、あえて違う名前を名乗ったのかもしれないが。

「比奈が名前を偽るのはわかるけど、お義兄さんのほうは必要ないよね？　普段から偽名で女性を誘ってるとか？」

「やっぱりそう思う？　じつは渡されたスマホのナンバーも、私が知ってるものとは違ったの」

「プライベートで出会った女性に仕事用は教えないよね？　だとしたら、お義兄さんはスマホ三台持ち？　あのビジュアルだと女性にもモテるだろうし、いろいろと使い分けているのかもね」

真紘とレオとで連絡先も分けている可能性は十分に考えられる。十年間離れて暮らしてきた真紘には、比奈の知り得ない部分があって当然だ。

「まぁそのあたりはともかく、おめでとう、でいいんだよね？」

「うん、ありがとう」

そう、これは祝うべきこと。偽名も見知らぬ連絡先もさておき、比奈の願いが叶ったのだから。

そこでいったんベリーロワイヤルで喉を潤していると、店員が前菜を運んできた。

「お待たせいたしました。サーモンとアボカドの生春巻きでございます」

「わぁ、綺麗！」

サーモンのオレンジとアボカドのグリーンが美しいストライプを描いている。

「早速食べよう」

「そうね。いただきます」

手を合わせてからナイフで切り分け、刻み玉ねぎがたっぷりのソースに絡めて頬張った。

「ん～っ、おいしい」

サーモンのとろりとした食感と玉ねぎの甘いソースが絶妙にマッチしている。サラダ感覚で食べられる生春巻きだ。

おいしいものは人を無口にさせるらしい。ふたり揃って黙々と食べ、あっという間に皿は空っぽになった。

「それで、これからどうするの？」

フォークを置いた琴莉に尋ねられる。ナフキンで口元を拭い、はっきりと答えた。

「義父の決めた人と結婚する」

「それでいいの？」

「初めからそう決めていたから」

心残りを解消できたのだから、比奈は元のルートに戻らなくてはならない。覚悟ならできている。

「本当は比奈なんだって明かさないの？」

「一生言わない」

義妹を抱いてしまったと真紘が深く後悔する姿は見たくないし、そうしたら義妹ですらいられなくなる。それだけはどうしても避けたいのだ。

「そんな辛い思いをして、出会わなければよかったって思わない？　お母さんが再婚しなければよかったって」

「思わないよ。真紘さんに会えてよかった。好きになってよかったって思ってる」

実らない恋心を抱えて切ない思いはしてきたが、母の再婚を恨んではいない。決して結ばれない運命でも、彼を好きになった自分が愛しい。

なにより心の底から真紘を愛しているから。

「そっか……。いい励ましの言葉が浮かばないんだけど、私は比奈が選んだ道を応援するから」

「ありがとう」

琴莉の心強い声援に頷いた。

コース料理が続々と運ばれてくる中、不意に子どものときの光景が蘇る。ほかの女性のもとに入り浸っていた実父がふらりと帰ってきたある夜のことだ。

実父は比奈の貯金箱からなけなしのお金をせしめ、それを目撃して制した母に暴言を吐いた。それも隣近所から心配されるほど激しいもので、暴力こそ振るわれなかったが警察が出動する騒ぎに発展した。

ストレスもあり体を壊しがちだった母は、それが引き金になって寝込むように。離婚してからも生活は厳しく、比奈の記憶にも未だに深くこびりついている。

あまりにもひどい生活から救い出してくれた義父、肇には感謝してもしきれない。肇が大事にしている事務所の安泰と母の幸せを守れるのなら、比奈にはほかに望むものはない。

たったひとつの願いだった真紘との一夜を胸に、この先も生きていく。彼とのひとときは、たったひと晩だけでも最高のプレゼントだった。

琴莉にミッションの成果を報告した十日後の夜、仕事を終えた比奈は、事務所のあるビルを出たところで肇が回してきた車のドアを開けた。

今日はこれから美紀を自宅に迎えに行き、お見合いで着る着物を取りに行く予定である。

後部座席に乗る直前、真紘に似た男性の姿が見えた気がして首を伸ばす。それは雑踏の中ほんの一瞬だったが、本当によく似ていた。

「比奈？　どうかしたのか？」

「あ、ううん、なんでもない」

運転席の肇にかけられた声に首をひと振りして乗り込む。

どこにも彼の姿はなく、きっと人違いか幻覚だったのだろう。

(真紘さんがこんなところにいるわけないものね)

法曹界から離れて以降、彼は法律事務所にまったく寄りつかなくなった。事務所だけでなく家族にも。最後には賛成したとはいえ父親の意向を無視して、まったく違う世界に飛び込んだ負い目があるのかもしれない。

もしも真紘があのまま弁護士として働いていたら、今はどうなっていたのだろう。実家を出てひとり暮らしをしていたとしても、事務所では比奈もちょくちょく顔を合わせていただろうか。そうなると〝彼に処女をもらってほしい〟という比奈の願いは儚く散っていたに違いない。

十年の空白があったからこそ、真紘は比奈に気づかず抱いたのだろうから。

比奈はスカートの裾をなおし、シートに背中を預けた。

燻る恋情

ホテル・プレジールで、思いがけない一夜を過ごした真紘を乗せたタクシーが、グレーの近代的な建物の前に停車する。緑豊かで閑静な高台の邸宅街にあるそれは、真紘が二年前から住んでいる低層マンションである。

精算を済ませ、車から降り立つ。鼻をかすめた新緑の香りは、近くの大きな公園から届いたのだろう。清々しい空気を胸いっぱいに吸った。

「なんて気持ちのいい朝なんだ」

仕事に忙殺される毎日で、風に運ばれてくる匂いなど感じる余裕もなかったが、今日はまるで違う。

重厚なマテリアルややわらかなライティング、豊かな植栽を配したエントランスに足を進める。コンシェルジュと挨拶を交わしつつ、セキュリティを何カ所か抜けてエレベーターで最上階に降り立った。

長い毛足の絨毯が音を吸うのか、防音効果の高い壁のおかげなのか、静けさに包まれた通路を進み自室の玄関ドアを開けた。

「ただいま。……お出迎えはなしか」

部屋の奥に向かって声をかけるが、出てくる様子はない。

まぁいつものことだと、ネクタイを緩めながらリビングのドアを開ける。黒を基調としたシックな部屋は、折り上げ天井とモール付き間接照明が優雅さを演出している。

真紘は、ワンポイントで配した白いレザーソファの上に丸くなって眠るレオを見つけた。美しい黒い毛並みのオス猫である。

二年ほど前、ここに越してくるタイミングで猫好きの知人宅で生まれた三匹の子猫のうち一匹をもらい受けた。

それまで飼った経験があるのは、カブトムシとクワガタだけ。引き取る気はまったくなかったが、たまたま写真を見せられてひと目惚れしてしまった。性別の違いはあるにせよ、大きな目がどことなく比奈に似ているように見えたせいだ。

「ただいま」

もう一度声をかけると、レオは片方の耳だけピンと立ててゆっくり目を開けた。今日もなかなか凛々しい男前である。

しかし真紘をチラッとだけ横目で見て、すぐに素知らぬ振りで再び目を閉じた。

「悪かった。そんなに拗ねるなって。ご飯ならちゃんと用意してあっただろう？」

予定外の朝帰りを怒っているに違いない。レオを飼うようになってから、外泊は一度もなかったため無理もないだろう。

とはいえ帰りはたいてい遅いため、晩ご飯の準備だけはしっかりして出勤している。

「そんなつれない態度を取っていると、これをやらないぞ？」

真紘はお詫びのしるしに買ってきたおやつを袋から取り出した。猫ならみんな大好きな、ＣＭでもお馴染みのおやつである。

なんだよ、うるさいなといった気だるい様子で目を開けたレオだったが、真紘が手にしているものを見るや否やさっと体を起こした。しなやかにソファから下り、足音もさせずに真紘のもとへ一目散にやって来る。

「にゃおおおん」

「くれよって？　ったく現金なヤツだな」

飼い主よりもおやつのほうがいいらしい。

「みゃあああん」

「朝帰りするほうが悪い？　だからごめんって謝ってるだろう？　これで許せ」

「にゃっ」

「よし、交渉成立だ」

真紘が封を切ると、レオは「みゃおみゃお」言いながら食べはじめた。〝うまいうまい〟と言っているように聞こえて、つい顔が綻ぶ。

「そうか、うまいか。よかったな」

あっという間に食べ終えると、レオは再びソファに上がり毛づくろいをはじめた。長い舌で丹念に毛並みを整える。おやつさえ食べられれば真紘は用済みらしい。

「コーヒーでも飲むか」

相変わらずのツンデレ具合にクスッと笑って立ち上がり、真紘はキッチンに向かった。

コーヒーメーカーに必要なものをセットして抽出をスタートする。カップに注ぐと、いい香りがふわっと漂った。

レオの隣に腰を下ろし、カップに口をつける。

「いつにも増してうまい」

たぶんそれは普段とは気分が違うせいだろう。なにしろ昨夜は思いがけない出会いがあったから。

まさかあそこで比奈と会えるとは――。

彼女との出会いは十七年前、真紘が十四歳のときまで遡る。その五年前に母を病気で亡くし、父ひとり子ひとりで暮らしてきたあるとき、結婚したい女性がいると父から相談されたのだ。

法律事務所の所長と父親業で多忙だった肇が、やけに照れくさそうに打ち明けてきたのは今でもよく覚えている。『バツイチで子持ちなんだが、どうだろうか』と。

中学生の真紘は多感な時期だったが、肇が男手ひとつでがんばっている姿を見てきたため、父が幸せになれるのならと快諾。その女性の娘として紹介されたのが比奈である。

当時、彼女はまだ八歳。あどけない少女でありながら、どことなく憂いのある美少女だった。

これはあとで知ったのだが、実の父親がひどくだらしない男で生活もままならないほどだったのだとか。電気さえ止められたことがあるというから相当だ。

そういった辛い過去が、八歳には不釣り合いな哀愁を彼女から漂わせていたのだろう。

最初こそおどおどした様子の比奈は次第に心を開きはじめ、真紘に懐き、よく笑うようになっていった。鈴が鳴るような彼女の笑い声はとてもかわいらしく、耳に心地よかった。

ごっこ遊びにもよく付き合った。彼女が特にやりたがったのはお医者さんごっこだ。いやらしい設定ではなく、あくまでも真面目な遊びだった。

彼女を初めて女性として意識したのは、彼女が中学三年生のとき。大学の友人と食事をして帰宅し、なんの気なしにパウダールームのドアを開けると、お風呂からあがったばかりの比奈がいた。

お互いに目が点。数秒間の放心状態のあと、比奈の『キャー！』という悲鳴で我に返った。

『ごめんっ』

慌てて扉を閉めたが、バスタオルの隙間から覗かせた素肌が脳裏に焼きつく。中学生とは思えない色香は、少しぽっちゃりしたやわらかそうな体から発せられるのか。とにかく真紘をどぎまぎさせ、その夜はなかなか寝つけなかった。

血が繋がらないとはいえ、義妹を邪な目で見るものではない。しかも六つも年下の中学生だ。

そう自分を戒めれば戒めるほど、彼女が気になって仕方がなくなっていく。

比奈が笑えばうれしくて、落ち込んでいればどうしたのかと心配になる。

(いや、これは妹に対する誠実で健全な愛情だ、べつにやましい点はない。俺は清廉潔白だし正常だ)

そう正当化して自分を説得していたある日、リビングで比奈と両親が楽しそうに彼女のスマートフォンを覗いていた。

『なにかおもしろいものでも?』

ソファに座る三人の背後から声をかけると、義母の美紀と比奈が順番に答える。

『比奈がね、校外学習へ行ってきたのよ』

『その写真なの。真紘さんも見る?』

『へえ、校外学習か』

言われて後ろから首を伸ばして覗き込むと、比奈はゆっくり写真をスライドしていった。

国立博物館をバックに撮ったもの、友人たちと昼食をとる様子、バスのシートでおどける顔、どの写真にも楽しそうな比奈が写っていた。

『ちょっと待て、今のは?』

『今のって……これ?』

『ああ』

次々と切り替わる写真の中で真紘の目を奪ったものがあった。

バスをバックにして比奈が長身の男と肩を寄せ合い、揃ってはにかんでいる写真だ。世間一般でいうところのイケメンだが、制服を着ていないから生徒ではないだろう。

『担任の先生よ』

『担任？』

なるほど、教師だから制服ではないのか。

『生徒からすごく人気があるそうなのよ。まだ新任なんだけど保護者からの信頼も厚くてね』

美紀が説明を付け加える。生徒ばかりか保護者の心まで掴んでいるという。

『このときも女子たちが順番に並んで、交代でツーショットを撮らせてもらったの』

『へえ。だけどくっつきすぎじゃないか？』

『たしかにそうかもしれんな』

真紘に父の肇も賛同したため、味方をつけた気になる。

首を比奈のほうに傾けた教師とは、今にも顔がくっつきそうな距離感だ。

（相手は生徒だぞ？　普通こんなに近づくか？　教師のモラルを厳しく問われる時代だっていうのに）

たかだか男とのツーショット写真に、真紘は必要以上に苛立ちを感じていた。

中学生にもなれば恋愛はあたり前。真紘自身も中学生のときにはすでに彼女がいたし――長続きはしなかったにせよ――彼女の存在は普通だった。

それなのになぜ今、こんなにもイラつくのか。

自分を棚に上げ、比奈に男と必要以上に近づくなと言うのは理不尽ではないか。

いや、でもこれは義妹を守ろうとする兄の防衛本能なのだ。血が繋がっていないとはいえ、比奈は真紘の大切な義妹だから。

か弱い存在を守ろうとするのは、人間が生まれながらにして持っている欲求のひとつに違いない。

『え？　そうかなぁ。もっとべったりくっついて撮ってる女子もいたよ？』

『あなたも真紘さんもヤキモチやいてるの？』

美紀が口元に手をあて、ふふふと笑う。

――ヤキモチ。

その言葉にガツンと頭を殴られた気がした。

(俺は妬いてるのか？　なんで。これは単なる庇護欲だろう？　ジェラシーとは違うに決まってる)

兄として義妹を守りたいからこその感情のはずだと美紀の言葉を全否定するが、心の奥底で〝そうじゃない。お前だって本当は気づいているんだろう？〟とべつの自分が意地悪に問いかけてくる。

『まぁそうだな。父親として娘に近づく男は誰であれ警戒するものだ。なぁ真紘、お前も妹かわいさだろう？』

『あ、ああ』

肇に頷いてみたものの、見えそうで見えない――いや、見えないように必死に隠そうとする自分の本心に大きく動揺していた。

『お義父さんも真紘さんもやだなぁ、もうっ。でも先生、カッコいいでしょう？』

ほら、とばかりに比奈がスマートフォンを三人に突き出す。

『ええ、素敵よね』

『こら、美紀、若い男にうつつを抜かすなんて許さないぞ？』

『あら、私にもヤキモチやいてくれるの？』

楽しげに笑い合う三人を前に、真紘は作り笑いを浮かべるので精いっぱいだった。

〝先生、カッコいいでしょう？〟という比奈の言葉に激しい嫉妬を覚え、手に震えが走る。

パウダールームで垣間見たあの柔肌が、ふっくらしたかわいらしい唇が誰かに触れられるのを想像して全身の毛が逆立つのを感じた。

（嘘だろ……）

義妹に対する純粋な愛情とは違うのだと、まさに気づいた瞬間だった。

真紘は比奈をひとりの女性として好きなのだ。

自慢するわけではないが、真紘は中学生の頃から多くの異性に好意を向けられてきた。大学生になるまでの間、人並み以上に女性と恋愛をしてきたし、もちろん体の関係も持ってきた。その真紘がここへきて妹に恋をしているなんて、あまりにも路線変更が過ぎる。

（ちょっと待て、比奈はまだ中三だぞ。俺、どうかしてるんじゃないか？）

自分にロリコンの気があるのではないかと不安になり、大学の講義が終わったあとに街へ繰りだした。

通りをよく見通せるカフェのテラス席を陣取り、コーヒー片手に街を行き交う比奈と同年代の女の子を観察する。もちろん努めてスマートにではあるが、もしかしたら周りの人の目には怪しい男として映っていたかもしれない。

真紘の前を中学生くらいの女の子たちが何人も通り過ぎていく。かわいい子も綺麗な子もいた。中にはモデル並みのスタイルをした容姿に優れた女の子もいた。

だが、それだけ。誰ひとりとして真紘の心を動かす者はいない。誰も彼も比奈以上には思えないのだ。

つまり真紘は幼女や少女への性的魅力を感じているわけでも、恋愛感情を抱いているわけでもない。ロリコンではなく、比奈限定の感情だと判明した。

父の再婚後、七年の歳月を経て兄妹愛から異性愛へと少しずつ変化していったのだろう。

ほっとした半面、ひどく狼狽(ろうばい)する。

(これからどうするんだよ。好きな女とひとつ屋根の下に暮らしながら絶対に手は出せないんだぞ?)

普通の状況なら喜ぶべきアドバンテージが、真紘にとっては試練になる。

そしてそれは真紘を日夜苦しめるものになっていく。彼女が大人の女性に成長する過程の、瑞々(みずみず)しい変化を目の当たりにしなければならないのだから。

そのうえ、男友達に関する話題にも笑って応えなければならない。当然ながら引きつった笑顔になるが、比奈が気づいていたかどうか。ちょっと今日は機嫌が悪いな、程度の認識だったかもしれない。

彼女の無邪気な天使の微笑みは、真紘にとって毒にも似た媚薬であり、そのたびに胸が焼けつく想いがしたものだ。

募る愛しさは次第に重さを増し、真紘自身でも持て余すようになる。

これ以上、一緒には暮らせない。

そんな結論に至ったのは、気持ちを認識した三カ月後のことだった。

このままそばにいれば、醸成されて淀んだ愛情がいつ暴発するかわからない。激情に任せて比奈を襲いかねない。

義兄妹の路線さえ崩さなければ比奈とは一生家族でいられるが、もしも手を出せば一巻の終わり。義兄でいるどころか、絶縁を突きつけられるだろう。他人よりももっとひどい立場だ。

家を出るのは、比奈を愛するがゆえの苦渋の決断だった。

離れて暮らせば、そのうちこの気持ちも昇華し、純粋な義兄妹に戻れるかもしれない。いや、そうなるのが一番でしかるべき。

時間がきっと解決してくれる。そのうちほかの女性に目が向くだろう。

しかし希望的観測ではじまったひとり暮らしは、無慈悲に真紘を比奈に縛りつけた。

義母、美紀がことあるごとに彼女の写真を送ってよこすのだ。それは日常の何気ないワンシーンであったり、真紘を除いた家族三人で出かけたときの写真であったり様々であった。

いつだったか比奈の無防備な寝顔が送られてきたときには、今すぐ会いにいって抱きしめたい衝動を抑えるのに苦労した。

美紀にしてみれば、離れて暮らしていようと家族の一員である真紘に、日常を共有してあげたいという親心だったのだろう。

写真の中の彼女は美しく可憐な女性に目覚ましく成長していき、それを常に目の当たりにしている真紘ではほかの女性に意識が向きようはない。不埒な恋心だからこそ余計に想いが募るのか。会えないだけで葬り去れるような感情ではなかった。

なによりもそれを裏づけるのは、真紘の〝男性の象徴〟が、ほかのどんな女性にも反応しないという点だ。

いつだったか真紘に好意を寄せる女性がマンションに押しかけ裸で迫ってきたことがあったが、心はもちろん体もノーリアクション。男なら欲望に負けて遠慮なく抱いてもおかしくないだろうが、逆にその女性に対して嫌悪感すら覚えた。

真紘の〝それ〟は、比奈にだけしか反応しないのだ。

その彼女が昨夜、突然真紘の前に現れた。写真ではなく、生の比奈だ。

十年ぶりの実物は、写真の比ではない美しさだった。おおよそ想像はしていたが、それを遥かに超える色香と気品、愛らしさを備えた女性に進化していた。

「だが、なんで比奈は最後まで〝モモ〟と名乗っていたんだ？」

たまたまあそこで会ったとはいえ、真紘に気づかないはずはない。いくら十年ぶりとはいえ、真紘はそこまで変貌は遂げていないし、メディアにも登場する機会があるため、現在に近い風貌は比奈も認識しているだろう。

真紘のほうは声をかけられたときにすぐ比奈だと気づいたが、彼女が他人行儀にしていたため最初は様子を窺っていた。

（ははーん、さては子どもの頃によくしていた〝ごっこ遊び〟だな。ラウンジバーで出会った男女のワンシーンでも演じるつもりなんだろう。それならここは義兄として乗ってやらなきゃな）

そうとわかれば付き合う以外にない。深く詮索したら、せっかくの再会の場が台無しになる。そのうち自分から正体を明かすだろうと、真紘も〝レオ〟と名乗った。マンションで飼っている猫の名前を拝借したのは言うまでもない。

別人であれば、彼女に対する好意を見せたとしても演技だったと誤魔化せるだろう。

ところが比奈はいつまで経っても事実を明らかにしないときた。

しまいには『私が今夜は帰りたくないって言ったら？』と真紘を誘ってくるではないか。

これはどういう状況なのか。まさか義兄だと気づかず、本当にレオだと思っているのか。

（――いやいや、まさか。だとすれば、もしかして比奈は俺を好きなんじゃないか？　いや、この

状況を考えれば、本気で俺に気づいていないのかもしれない）

嵐に彷徨う小舟のように混乱に襲われる。

会わずにいたこの十年の間に、比奈はこういった場所で男を誘うような女になったのかという疑惑まで湧いてくる。

だがしかし、そんな猜疑心（さいぎしん）よりも歓喜に打ち震える自分がいた。

夢にまで見た比奈との一夜が、目の前に差し出されているのだから無理もない。

彼女の誘いに乗れば、それが叶う。永遠に手の届かない場所にいた比奈に触れられる奇跡の展開が、突然真紘に舞い降りた。

彼女が真紘に気づいていないのならそれでもいい。いっそそのほうが好都合なのではないか。

そもそも気づいていないからこそ、こうして誘っているのかもしれない。義兄だとわかっていて誘うはずはないだろうから。

それならそれに乗らない手はない。今を逃せば一生後悔するだろう。

比奈に体を差し出されているのに紳士のままではいられない。

たとえ禁忌を犯すとしても、一生その償いをしていかなければならないのだとしてもいい。

今夜の比奈に真紘のすべてを捧げるのだ。レオとしてでもいい。

本能が理性を大きく上回った瞬間だった。

バーを出てホテルの最上階にあるスイートルームへ彼女を誘う。胸は激しく高鳴り、真紘の人生史上もっとも猛烈に欲情していた。

　初めて触れた彼女の唇や体のやわらかさやしなやかさは、予想を大きく超えていく。こんなにも美しい体を見たのは初めてだった。

　真紘にとっては女神も同然。神々しくも愛らしく、とにかくどこもかしこも愛しくてたまらなかった。

　処女だとわかったときには、体じゅうの血流が逆流したような興奮に包まれる。ちょくちょく男を誘ってアバンチュールを楽しんでいるのではないかという疑惑は、そこで潔白が証明された。

　しかしそれと同時に、比奈は真紘ではない男に処女を捧げたことにもなる。なにしろ彼女は真紘を真紘だと認識していなかったのだから。それも出会ったばかりの〝レオ〟にあっさりと。

　いったいなぜなのか。

（比奈は、軽い女じゃないはずだ。……だが十年も会っていなかったんだぞ。その間に変わらないとも限らない。いやいや、あの比奈がそんなに劇的な変貌を遂げるか？　ありえない）

　相反する考えが頭の中をぐるぐる回る。

「ああっ、わけがわからん」

　真紘は思わず自分の髪をくしゃっとかき上げた。理解に苦しむ比奈の言動は、真紘をひどく混乱させていた。

　だが、ひとつだけたしかなことがある。それは比奈の初めてを真紘がもらったという事実だ。

その悦びは、仕事で成功を収めるよりずっと価値のあるもの。唯一無二のものだ。真紘の腕の中で乱れ、喘ぐ姿を知っているのは真紘だけ。鬱々と過ごしていた真紘へのご褒美はあまりにも大きく、なににも代えがたい報酬だった。

最後までモモであり続けた比奈の真意は掴めないが、別れ際に彼女に連絡先を書いたメモを渡したから、近いうちに連絡がくるだろう。

プライベート用はもちろん彼女は知っているため、もう一台使い分けているべつのプライベート用のナンバーを知らせてある。

そのときに比奈で振る舞うのか、それともモモなのか。

昨夜の比奈の瑞々しい肉体を思い出し、トラウザーズの中で真紘自身がムクムクと大きくなっていく。もはやそこに収めておくには苦しいほど強度を増し、抑えが利かない。

ファスナーを下ろしてボクサーパンツの前を寛がせた瞬間、ビンッと勢いよく逸物が躍り出る。

比奈を想うだけでいつもこうだが、今日は彼女の体を隅々まで知ったから余計だ。なにもしないうちから先走り汁が竿を伝い、浮き出た血管を舐めるように滴っていく。

比奈を思い浮かべ右手で包み込むと、自然と深い息が漏れる。

「あぁ……」

瞬間、さらに質量を増したそれを真紘はゆっくり手でしごきはじめた。

比奈のやわらかな肉体や甘い匂いを思い返し、彼女の奥深くに突き立てている自分をイメージする。やわらかいくせにねっとりと吸いつくような彼女の花びらの記憶はまだ真新しく、真紘をたやすく快楽の世界へ誘う。

まるで探し求めていた片割れを見つけたかのように、ぴったりと比奈の中に収まったときの得も言われぬ高揚感は格別だった。

「ハァ、ハァ……比奈……」

昨夜は決して呼べなかった名前を口にするだけで、より硬く太くなっていく逸物。彼女の初めてを奪ったのが自分だという優越感が、さらに真紘の体と心を熱くした。

あんなにも強く激しい衝動は経験にない。

(比奈とひとつになれた悦び以上のものがあるだろうか。――いや、ない)

彼女と会わないまま生涯を終えると覚悟していた真紘にとって、昨夜の出来事は奇跡だったのだ。

愛しい比奈を抱いているつもりで、彼女の体に触れているつもりで、性的興奮がどんどん高まっていく。すでにはち切れんばかりに大きくなった真紘のそれは、あとはもう放熱を待つだけだ。

手の動きを徐々に速め、快楽の大きな波に乗っていく。

「……ハァッ、ハァッ」

肩で息をして呼吸が荒ぶる。さらに手のスピードを上げていき――。

「ああっ、比奈!　っく……」

咄嗟に近くのティッシュペーパーを引っ掴み、自身の切っ先にあてる。そして次の瞬間、ドクンドクンと大きく脈を打ち、白濁の飛沫が薄い紙きれに向かって放たれた。

真紘の苦しげな声に、隣で丸くなっていたレオが耳で反応する。

彼女ともう一度抱き合えるのなら、モモだろうと比奈だろうとかまわない。彼女がどういうつもりで〝真紘ではない男〟に抱かれたのかなど、些末な問題だと刹那的な想いにとらわれる。

最高に素晴らしい一日のはじまりが、真紘を大いに幸せな気持ちにさせた。


週明けの月曜日――。

真紘は、自身が社長を務める空間プロデュース会社、クレアハートが入居するインテリジェントビルのエントランスロビーを颯爽と歩いていた。

方々から飛んでくる熱視線はいつものこと。ＩＴ企業や保険会社など名だたる企業が名を連ねるビルで、真紘は芸能人並みの人気を誇る。

メディアでも取り上げられる会社の社長のうえ、引きしまった長身の体躯をもつ類稀なる容姿であれば無理もない話ではあるが。

「見て、クレアハートの阿久津社長よ」

「今日も素敵ね、うっとりしちゃう～」

「あの冷ややかで精悍（せいかん）な顔つきがたまらないのよね」

「きっと今日の仕事の段取りなんかを考えてるんでしょうね。できる男はやっぱり違うわ～」

ハートマークつきの視線を飛ばしてくる女性たちを横目に、エレベーターに乗り込む。唇を真一文字にした真紘の耳に、彼女たちの黄色い歓声は届かない。なにしろ比奈とのめくるめく一夜を過ごし、二日経った今もその余韻に浸っているのだから。

とはいえ一週間のスタートを切る月曜日、気を引きしめていかなければならない。

ほぼ満員のエレベーターに乗り込み、自社があるフロアに向かった。

クレアハートは真紘が三年ほど前に興した会社である。

空間プロデュースとは建物の屋内や屋外の施設などの空間を演出すること。それは飲食店やショップなどの店舗はもちろん、ホテルやショッピングセンターなどの商業施設、公園や駅などの公共施設など多岐にわたる。個人の住宅をプロデュースして、暮らしやすい生活空間を演出することもある。

空間をただ思うままに作り上げればいいというわけではなく、建設の仕組みや設計の知識も必要とされるため、ここへ来るまでの道のりは決して平坦ではなかった。

というのも、もともと目指していた道がまったく違う分野だったからだ。

父親が営む法律事務所を継ぐつもりで法学部に入学し、在学中に司法試験に合格。卒業後のおよそ二年間は司法修習など法曹界に身を置いていたが、幼い頃からの夢であった空間設計の道を諦めきれず、二十四歳のときに転身を決意した。

真紘を後継者として考えていた父は当然ながら嘆き落胆したが、それ以上に真紘の信念が強く、認めざるを得なかったようだ。

一から設計の勉強をするため単身渡米。アメリカの大手空間プロデュース会社で修行していたときから世界各地で顔を売り、センスと腕を磨いてきた。大手の企画を請け負うためにぬかりなく事前準備をし、三年前に帰国、起業した。

着々と計画を進めたため滑り出しは好調。以来、業績を伸ばしつつある。

ごく最近の案件では美術大学のキャンパス全体のデザインを手掛けた。

そのニュースは業界でも話題となり、数週間前まで取材が絶えなかったものだ。

三十階でエレベーターを降り、ゴールドの縁取りで壁に黒く〝グレアハート〟と社名が描かれた受付ブースを通り抜けていく。白を基調にモノトーンでコーディネートしたオフィスも、真紘がデザインしたものである。

人を配置していない代わりに温かな印象を与えるため、受付には木目をふんだんに用いて、曲線を使った空間を造っている。

真紘に気づいた社員たちが続々と挨拶をする。真紘はそれらに「おはよう」と答えつつ社長室へ向かった。

ワークスペース同様にモノトーンで統一した室内は、デスクとソファセットがあるだけのシンプルかつ機能的な部屋である。

プレジデントチェアに腰を下ろしパソコンを立ち上げていると、ノックとともに秘書の樋口晴美（ひぐちはるみ）

が入室した。

「社長、おはようございます」

「おはよう」

トレーに載せていたコーヒーをデスクに置き、樋口が早速スケジュールの確認に入る。毎朝のルーティンだ。

「本日はこのあと九時半より役員会がございます。午後二時には館山美術館のお打ち合わせが入っております。デザインの検討が主な議題です。それから先日、依頼のあった……」

タブレット片手に粛々と自身の仕事を進める樋口は、つい先日二十八歳の誕生日を迎えた。ワンレンボブのストレートヘアにオーバル型のノンフレーム眼鏡をかけ、仕事ができる女のイメージそのもの。いつもきっちりとしたグレーのツーピースを着ており、隙のない美人だ。

入社して半年足らずだが、前職でも秘書を務めていたため、安心して職務を任せられるのは見た目を裏切らない。

「以上です」

タブレットのカバーを閉じ、樋口は眼鏡のフレームを人差し指で上げた。

「美術館の打ち合わせの前に確認事項があるから、設計部とのスケジューリングを頼む」

「承知いたしました」

真紘は経営者という立場でありながら、自身で空間プロデュースも手掛けている。会社経営がしたかったのではなく、空間プロデュースに魅せられて飛び込んだ世界だからだ。

そもそものきっかけは大学時代にたまたま見たイルミネーションである。電車を乗り過ごし、運動もかねて歩いたのは都内でも有数のビジネス街にあるメインストリートだった。

シャンパンゴールドの上品なイルミネーションが通り一帯を華麗に彩り、幻想的な空間を造っていた。色や光、形など、それぞれの組み合わせの絶妙さ、スペースの広がり、とにかく目に入るものすべてが真紘の心を揺さぶった。

行き交う人の中に突っ立ち、気づけば何時間もそこに佇んでいた。

しかし当時は父の法律事務所を継ぐべく法学部に在籍する身。感動だけを胸に留め、ひたすら六法全書と首っ引きだった。

ところが心に密かに根づいていた空間プロデュースの種は、司法試験に合格して法曹界に身を置いていた真紘の中でいつしか大きく芽吹き、もはや抑え込めるものでなくなっていく。勘当覚悟で父を説得し、アメリカに渡った経緯があった。

結果、父は快く送り出してくれたわけだが、阿久津法律事務所の将来ももちろん気がかりではある。なにしろ父の肇は、息子の真紘に継いでもらえると安心しきっていたのだから。

「ところで社長、週末はどこかにおでかけでもされましたか？」

「いや、ずっと自宅にいたが？」

どこかで似た人物でも目撃したのだろうか。

土曜日に朝帰りしたあとは自宅でレオと過ごしていた。二時間ばかりマンション内にある居住者専用ジムでトレーニングをして汗を流したが、それくらいだ。

「顔色がとってもよろしいので、リフレッシュでもされたのかと思いました」

なんて鋭いのかと、真紘は目をパチッとまたたかせる。

リフレッシュとは違うが、顔色がよくなるような出来事があったのはたしかだ。樋口は感度のいい観察眼まで持っているらしい。

「私の勘違いですね。プライベートな質問をして大変申し訳ありませんでした」

「あ、いや、べつにかまわない」

きっちり三十度に頭を下げる樋口を制する。

（というか、むしろもっと突っ込んで質問してくれてもいいのだが……と思うのは浮かれすぎか）

比奈との一夜を他人にひけらかすつもりはない。特別な夜は真紘だけのものだ。

「なにかいいことでもありましたか？」

喜びを隠しきれず、にやけた表情に感づかれたらしい。慌てて口元を引き結ぶ。

「樋口さんの気のせいだろう。普段となんら変わらない休日だ」

「それは失礼いたしました。では、私は役員会の準備がありますので」

一礼して樋口が去り、真紘はパソコン画面に館山美術館のデザイン画とＣＡＤデータを表示させる。最終チェックをしていたそのとき、忙しないノックとほぼ同時にドアが開き、平原優弥が入室してきた。

「社長、ちょっとよろしいでしょうか」

「俺がダメだと言ったら退出するのか？」

確認しておきながら、平原は真紘が答えるより早くソファに腰を下ろし、柔和な笑みを向けた。

栗色のサラサラの髪にくっきりとした二重瞼が印象的な平原は、真顔でも微笑んでいるように見える得な顔立ちをしている。

本人曰く、怒っていても相手に伝わらないのが困る点らしい。一八〇センチ超えの真紘同様、平原も長身だ。真紘のひとつ年下の三十歳である。

年齢が近く、人懐っこい性質のせいか、真紘はついからかいたくなる。

「社長がどうしてもとおっしゃるのであればあとにしますが」

そう言いつつ、抱えていたノートパソコンを開き、聞く気満々ではあるが。

「このあと平原も役員会だろう」

「そうですね、なので本当にちょっとです。お手間は取らせません」

平原は真紘の右腕的存在であり、クレアハートの副社長である。

真紘がプレジデントチェアからソファに移動する間に、カタカタとキーボードを長い指で打って操作する。隣に腰を下ろして覗き込むと、老舗デパートの店内に公立図書館を新設するプロジェクトのデザイン案が表示されていた。

物を売るだけのデパートモデルから、地域の新しいコミュニティ施設にしていきたいという発想からはじまったプロジェクトである。

「デパートと図書館の壁を思いきって全面ガラス張りにしようと考えているんですが、社長はどう思います？」

平原が壁バージョンとガラス張りバージョンの両方を画面に映し出した。

「お互いに活気を伝え合う相乗効果が狙えていいんじゃないか？　開放感も演出できるし。そもそも図書館をその地域に暮らす人々の〝とまり木〟にしようというのがコンセプトだろう？　壁で囲う本来の図書館の造りではその狙いから外れる」

「ですよね」

「街への愛着を育むきっかけにするのなら、テーブルや椅子もその土地にゆかりのあるものを使用したらどうだ」

平原がパチンと指を鳴らす。

「それ、俺も考えていたんです。やはり社長とは気が合いますね」

ニコニコと嬉しそうな表情に自信が見え隠れする。

平原とはアメリカのデザインプロデュース会社で出会った。当時からやたらと真紘にくっついて回り、あちらではよく〝金魚のふん〟と呼ばれたものだ。

本人はそれをまったく気にせず真紘に心酔。真紘が日本で起業するや否や彼も帰国し、今に至る。

当初は副社長ではなかったが、めきめきと頭角を現し、今では真紘の大事な右腕である。

「市の木がケヤキなので、それを使ってはどうかと。テーブルや椅子だけでなく書棚も」

「木材を多用すれば、木の香りや温かさを感じられる空間にできるだろう」

平原が画面を切り替え、次々とデザインを映し出していく。

「完成度が高いデザイン案だな」

新しいコミュニティの場に相応しいものができるだろう。完成が楽しみだ。

「社長にそう言ってもらえれば安心ですね」

「俺の意見じゃなく、大事なのはクライアントの意見だからな」

プレゼン相手は真紘ではない。

「まぁそれはそうですけど、社長のお眼鏡に叶っただけでも鬼に金棒ですから」

平原は満足そうにノートパソコンを閉じた。


比奈と一夜をともにしてから二週間以上が経過した。しかし番号を渡した〝モモ〟から連絡はない。

いったいどうなっているのか。

プレジデントチェアに深く腰を下ろし、真紘はデスクに置いたスマートフォンを睨みつけていた。

今にも穴が開きそうなほど強い眼差しで、眉間に深い皺を刻ませる。

甘く激しい一夜の最中も、目覚めてから別れるまでの間も、彼女から距離を置かれる要素はなにひとつなかった。むしろ好意を感じる瞬間すらあったというのに。めくるめく時を過ごし、彼女も次を期待していたのではないのか。

数日のうちに連絡がくるだろうとの予想は盛大に外れ、時間だけが空しく過ぎていく。

(それともやはり男を誘惑して遊ぶのに慣れているのか？　……いやいや、比奈は処女だったじゃないか。そんなわけがあるか)

首を振って猜疑心を蹴散らすが、そのいっぽうで知り合ったばかりのレオに体を差し出した、真紘にとって喜ばしくない一面があるのも事実である。

そしてまた、比奈のリアクションのなさに一週間ほど前から焦れはじめていた。

(よし、向こうから連絡をよこさないのなら——)

勢いに任せて比奈のナンバーをタップしかけて手を止める。レオは彼女の連絡先を教えてもらっていない。

最後までモモでいた彼女に、正体を知っているような素振りを見せれば、モモとしても比奈としても二度と会ってもらえない予感がした。

「よし、行こう」

連絡がこないのならば、こちらから会いに行くまでだと思い立つ。幸い、急ぎの案件は現時点で入っていない。

スリープ状態になっていたパソコンをシャットダウンし、秘書の樋口に内線電話で「悪いが、今日は先にあがる」と告げる。

通話を切ってすぐ――。

「体調でも悪いのですか?」

社長室にやって来た樋口は、ミネラルウォーターのペットボトルと鎮痛剤や胃薬、風邪薬などひと通りの薬を持参して現れた。気の回し方が素晴らしい。

「せっかくだが体なら万全だ。ありがとう」

「そうでしたか。それならよかったです」

安堵したように微笑む樋口に見送られてジャケットを羽織り、社長室をあとにする。

向こうからコンタクトを取ってこないのなら、こちらから会いに行くまで。真紘はエレベーターで足早に地下駐車場に向かった。

滑らかなラインを描く真っ黒い車体は真紘の飼い猫、レオを彷彿とさせる。駐車場の照明を浴びてピカピカに輝く車に乗り込み、真紘は阿久津法律事務所を目指した。

事務所の前に張り込み、偶然を装って〝レオ〟として登場しようと考えたのだ。

(さすがにこの広い東京で、偶然の再会があるのは無理があるか?)

ホテルのラウンジバーで出会ったふたりが、一週間後に再びべつの場所でたまたま会う設定は少々無謀だ。映画や小説の世界なら劇的で運命的、赤い糸の存在を信じたくなるシチュエーションだが。

（いや、待て。いっそ、比奈に運命を感じさせるには絶好のセッティングじゃないか？　恋に落ちたふたりが引き合わずにはいられない感じは、女性には大好物だろう）

そもそも、比奈は真紘に気づいているのかいないのか。そこが皆目見当もつかない。第一、彼女が真紘に恋したとは限らないではないか。

彼女はどういうつもりで真紘に抱かれたのか。二週間経った今も答えは見つからず、真紘を悩ませていた。

考えあぐねているうちに阿久津法律事務所のそばまでやって来た。

コインパーキングに車を預け、近くのカフェの窓際に陣取る。道路を挟んだ真正面にあるここなら事務所の入ったビルの入口がよく見えるため、比奈が出てくるのを待ち構える。

どういうふうに彼女の前に姿を現すか決めかね、コーヒーを飲む手が止まらない。ものの二十分で三杯目に突入していた。

以前、樋口に『社長は悩むとコーヒーの減りが速いですね』と指摘されたが、本当にそうらしい。

そうして三杯目を飲み終えたちょうどそのとき、比奈がビルから姿を現した。

急いでカフェを出て横断歩道を渡る。彼女は誰かを待っているのかその場で立ち止まり、キョロキョロしていた。

たまたま通りがかったと見せかけるため、あくまでも偶然を装うために呼吸を整える。

（いいか、ごく自然にいくぞ。いかにも〝思いがけず〟だ）

自分に言い聞かせながらゆっくり近づいたそのとき、彼女の前で車が止まる。

「あれは……」

真紘たちの父、肇の車だった。

街路樹に姿を隠して様子を窺う。家族なのだから軽い挨拶で声をかければいいのかもしれないが、〝レオ〟になりきっていたため咄嗟に切り替えができない。

比奈はその車に乗り込み、どんどん遠ざかっていった。

着物の準備に場所の確保。お見合いに向けた準備が着々と進んでいくにつれ、比奈の気持ちはなんとなく沈んでいく。仕事から帰り、マンションのリビングのソファに体を預けると、気持ちよさと気だるさでそのままクッションに埋もれてしまいそうだ。

昨日、両親と三人で行った老舗の呉服店では洋服の上から肩に羽織っただけだったが、肇も美紀も『よく似合ってる』と大絶賛だった。

ヘアスタイルはアップにしようか、それともダウンスタイルか、美紀は呉服店の女将と会話を弾ませ、それは楽しそうにしていた。

（いけない、いけない。真紘さんのことはもう吹っ切らなきゃ。最初からそう決めていたでしょう？　作ってもらった着物も素敵だったし。あの着物でお見合いに行って、私は大鷲さんと結婚するの。大鷲比奈って名前はちょっと気になるけど、事務所でも女性から絶大な人気を誇る彼と結婚できるのを光栄に思わなくちゃ）

今週末はいよいよお見合いだ。

背筋を伸ばして頬をペチペチ叩いていると、近くで丸くなっていたモモが目を真ん丸に開け「にゃあ?」と鳴いた。まるで〝どうしたの?〟とでも言っているみたいに首を傾げる。

「今、気合を入れてたのよ。モモもやる?」

やわらかな毛並みの両頬を包み込んで軽くトントンとすると、モモはあからさまに鬱陶しそうに顔を背けた。

「モモってば冷たい」

比奈の言葉などどこ吹く風。モモはソファからぴょんと下り立ち、尻尾を立ててリビングの隅に向かった。きっとトイレだろうと予想した通り、そのうちカリカリと砂を掻く音が聞こえてきた。

「ご飯はなににしよう……」

普段は自炊しているが、今日はなんだか料理が億劫だ。

(冷蔵庫にある残り物でもいいかな。たしか昨夜のしいたけシュウマイがあったはずよね。なかなか上出来だったし)

勢いをつけて立ち上がったそのとき、ソファに置いてあるバッグの中でスマートフォンがヴヴヴと鈍い振動音を発した。

誰だろうと思いつつバッグから取り出したが、表示された名前を見て思わず「きゃっ」とスマートフォンを手放す。真紘だったのだ。もちろん、以前から知っているナンバーのほうである。

(どど、どうして!?)

予期しない相手に動揺せずにはいられない。あたふたしながらソファに落ちたそれを拾い上げ、応答をタップして耳にあてる。

「……も、もしもし」

自分でも笑ってしまうくらい声が上ずった。

彼から電話をもらえた喜びに心が弾む。

『久しぶりだな。元気にしてたか？』

「うん、まあ……。でもいきなりどうして？」

長らく会ってはいないが、電話ではたまに近況報告をしていた。とはいえ前回は一年以上も前だ。

まさかモモが比奈だとバレていたのではないかとヒヤヒヤする。

『最近どうしているかと思ってね』

「げ、元気よ」

『彼氏は？』

「ええっ？　そんな人いないから！」

なんの脈絡もない質問に大袈裟に答える。

（なんでそんなこと聞くの？）

もしかして怪しまれているのではないかと勘繰ってどぎまぎする。心臓が早鐘を打ちはじめた。

「……真紘さんは？　彼女いるの？」

彼の質問に乗じて同様に尋ねる。モモとあんな夜を過ごしておいて彼女がいたらショックだが、レオと名乗ったり連絡先を使い分けたりしているのは恋愛慣れしている証でもある。

自分で質問し返しておきながら、答えをビクビク待つなんて矛盾している。でも知りたいような知りたくないような情報は誰にでもあるだろう。特にこの手の話ならなおさらだ。

『いないが、そうなりたいと思ってる相手ならいる』

くらっと目眩を覚えた。いきなり三半規管がおかしくなったのか、座っているのにふらふらする。強いストレスで、よくある脳貧血を起こしかけたのかもしれない。

(やっぱり聞かなければよかった。好きな女性がいないわけがないじゃない)

頭ではわかっていたはずなのに、いざ本人の口から聞かされるとショックが半端ではない。

仕事でもプライベートでも、真紘にはいくらだって出会いはあるだろう。それも社長の肩書のある彼になら、比奈にはとうてい敵わないような美しい女性たちが。恋人がいないのが奇跡なくらいだ。

(だけど、そんな人がいるのに……)

モモとあっさり体を重ねてしまったことにも戸惑いを隠せない。行きずりの女性と平気で一夜をともにできるからこそ、比奈は願いを叶えられたわけではあるが、心情的に複雑だ。

しかしショックを受けているのを悟られるわけにはいかない。なにしろ比奈は義理とはいえ彼の妹なのだから。モモだと匂わせてはいけないし、義兄に想いを寄せているのも感づかれてはいけない。

「そ、そうなんだ。うまくいくといいね」

激励する声がわずかに震える。

義妹として義兄の幸せを願う気持ちに嘘はない。でもその想い人が自分だったらどんなにいいかと、つい考えてしまう。

(ううん、ダメダメ。もうそんな未来は夢見たらいけないの)

頭を振って邪な想いを振り払う。

『今週末はプレジールのラウンジバーで飲もうと思ってる』

「……え?」

あの夜ふたりで飲んだバーを話題に出されて狼狽(うろた)える。

なぜ今、そんな話を比奈に聞かせるのだろうか。

(——まさか! やっぱり真紘さんはモモが私だって気づいてる!?)

ギクッとした直後、そうではないと否定に転ずる。比奈が『うまくいくといいね』と励ましたから、真紘はそれに応えるべく、その女性をそこに誘う決意を表明しただけに過ぎない。

それに比奈がモモだとわかっていれば、とっくに指摘しているはずだ。

「彼女とふたりで行くのね」

その女性を誘って、夜景が美しいロマンティックなあのバーで告白でもするのだろうか。真紘なら一発オッケーに違いない。

でもそれはそれでシクシクと胸が痛む。

『いや、ひとりのつもりだけど』

「え？　そうなの？」

それならなぜ、そんな話題を振ったのか。真紘の意図が読めず、思考回路がごちゃごちゃになる。

(だけど真紘さん、今週末もあそこで飲むんだ……。そこへモモになって行けば、またふたりで過ごせる？　……って私ってば、なにを考えてるの！)

一度だけと決めたくせに、簡単に揺らぐ弱い意志が恨めしい。

スマートフォンを耳にあてたままソファに横になりゴロゴロしていると、比奈の背中にモモが飛び乗った。

「あっ、ちょっと下りてったら」

そんなところに乗られては起きられない。

『下りる？　どこから？』

電話の向こうで真紘が不可解そうに尋ねる。

「う、ううん、なんでもない」

慌てて取り繕い、モモに向かって肩越しに〝しー〟と唇に人差し指をあてた。今は鳴き声を立ててほしくない。

前回電話で話したのは一年以上前。モモを飼いはじめてからは初めてのため、比奈が猫を飼っているのを真紘は知らないだろう。

今、その話をすれば名前の話題になり、そうなると素直な比奈はうっかり〝モモ〟と答えてしまう可能性がある。そんな危険な綱渡りはできない。猫の存在は内密にしておくのが得策だ。

背中に乗ったモモはその場で片足を伸ばして毛づくろいをはじめ、比奈は仕方なくうつ伏せのまま真紘と取り留めのない話をする。

久しぶりに電話で話せたうれしさの反面、モモの正体のことで気が気でなく、通話を切ったあとはぐったりだった。

＊＊＊＊

比奈と電話で話した翌日、真紘は大学時代の友人・高井新平に誘われてダイニングバーへやって来た。

壁をぐるりと囲む大きな水槽が、店内を青く神秘的な光で満たす。カラフルな熱帯魚たちが悠然と泳ぐ小さなアクアリウムは、この店の売りだ。

「よっ」

先に到着していた新平が、十席あるカウンター席の端で手を上げた。スーツのジャケットの襟元にはひまわりをモチーフにしたバッジが光り輝く。

穏やかな目元が優しげで爽やかな彼は、一見すると堅いイメージの弁護士には見えない。仕事中は伊達眼鏡をかけて、いかにも真面目っぽく見せているのだとか。

真紘も右手を軽く上げ返し、彼の隣に腰を下ろした。

「久しぶりだな」

「元気にしてたか？」

新平の言葉に質問で返す。彼と会うのは二カ月ぶりである。

真紘が弁護士を目指していた大学時代は、同じ法学部で学んでいた。渡米していた時期はべつとして、それぞれ違う道に進んでからも、こうしてたまに会い互いの近況を報告し合う。

「おかげさまで。真紘は？」

「そうだな、ぼちぼち」

「ぼちぼちって顔じゃないな。なにかいいことでもあったのか？」

真紘はこれまでとなんら変わらない毎日だというニュアンスで答えたつもりだが、顔に締まりがなかったか。新平の観察眼に驚いた。

比奈の言動は解明できていないが、彼女との一夜が真紘の表情を緩ませているのはたしかだ。

「まぁちょっとね」

曖昧（あいまい）に誤魔化してバーテンダーにジントニックを注文する。

「俺には言えないってわけか」

「そのうち話せるときがきたらな」

比奈との経緯は、親しい新平といえど、まだ話せない。なにしろ互いに別人で接しているのだから。

それ以前に、義妹に対して恋心を燻らせているなど、あけすけに話せるものでもない。

ほどなくして出されたジントニックで喉を潤す。

「新平こそどうなんだ。最近浮いた話を聞かないな」

大学時代からモテる彼は、恋愛話に事欠かない。真紘の場合は言い寄られても冷たくあしらうが、新平は来る者拒まず、去る者追わずのタイプなのだ。

「今は仕事がノリに乗っているから、それどころじゃない」

「それは結構なことだ」

「仕事といえば……」

新平はなにかを思い出したように、飲もうと手にしたカクテルグラスをカウンターに置いた。

「ちょっと妙な噂を耳にしたんだ」

「妙な噂？」

聞き返した真紘に、新平が頷く。

「真紘の親父さんの事務所に所属する弁護士が、うちの上層部と内密に接触してるらしいってね」

「父の事務所の人間が？」

新平が勤めているのは、阿久津法律事務所と同等クラスの大きな事務所である。主に企業を相手にする業務内容もほぼ同じだ。

そこと内密にやり取りをするとは、いったいなんだろうか。

「ヘッドハンティング、いや、引き抜きか？」

外部の人材コンサルティング会社などが仲介せず、相手の会社の人間と直接会っているのなら引き抜きのほうか。有能な人材であれば、ヘッドハンティングにせよ引き抜きにせよ、どの業界でもある。阿久津法律事務所には優秀な弁護士がたくさん在籍しているため、ターゲットにもなりやすいのだろう。

「その可能性もあるが、どうだろうな」

怪しい点でもあるのか、新平は目を細めて首を傾げた。真紘の上機嫌ぶりを鋭く見抜くくらいだから、なにかを敏感に感じているもしれない。

「俺のほうでも調べてみるが、なにか動きがあったら知らせてくれ」

自分は法曹界から離れているとはいえ、無関心ではいられない。大事な家族に関係することのうえ、好きなことを自由にやらせてもらっている恩義もある。

「もちろん。ところで腹減らないか？　なにか食べようぜ」

真紘は、新平が手にしたメニューを一緒に眺めた。

その週末、真紘は比奈に電話で宣言した通り、プレジールのラウンジバーへやって来た。

都内を一望できる大きな窓の向こうに、色とりどりの光が輝く美しい光景が広がる。

しかしそんな煌びやかな景色には目もくれず、真紘は先ほどから腕時計をチラチラ見てはソワソワしていた。

暗に含めて誘ったつもりだが、比奈はここへ来るだろうか。

優雅に飲んでいるように見せかけ、真紘の心は浮き足立っていた。バーの出入り口と腕時計を行き来する視線は、時間が経過するにつれ焦りが浮かぶ。いつも落ち着き払った真紘にしては珍しい事態だ。

一時間ほど経った頃だろうか、バーテンダーの低い「いらっしゃいませ」という声に顔を上げた真紘は、そこに立つ人物を見て柄にもなくドキッとする。待ちに待った比奈——もとい〝モモ〟の登場だった。

真っ白なレースのブラウスはランタンのようなフォルムをした袖が華やかで、発色の美しいラベンダーカラーのスカートが瑞々しい。少し背伸びして大人びたメイクをしているのが、心にぐっとくる。

真紘は平静ぶって麗しげな微笑みを浮かべたが、心の中では歓喜の雄叫びを上げる。喜びを隠しきれず、だらしなく目尻が下がりそうになったが、なんとか堪えて凛々しい表情を保った。

「またお会いしましたね」

大人びた笑顔を浮かべる比奈は、まるで電話での会話などなかったような素振り。完全にモモになりきっている。

真紘は逸る気持ちを必死に抑え込み、隣の椅子を引いて彼女に座るよう促した。

「音沙汰がないから振られた気分でいたよ」

なぜ連絡をよこさなかったのかという恨みつらみは、彼女が来てくれたことであっさり消える。

(俺も随分とちょろい男だな)

自虐しつつ、軽く手を上げスマートにバーテンダーを呼び寄せる。

「この前と同じでいい？」

「ええ」

前回、真紘が彼女に勧めたダイキリを注文した。

「レオさんならほかにいくらでもお相手がいるでしょう？」

振られた気分になるまでもないと言いたいのだろう。比奈は一瞬目を泳がせたが、相変わらず真意は掴めない。

レオが真紘だとわかったうえで、この前の電話でここへ来ると知ったから来たのか、それとも正体を知らないまま偶然ここへ来たのか。電話で話したときに彼女がどことなく狼狽えた様子だったのが、真紘を惑わせていた。

(いや、俺が真紘だとわかっていたら、ここへ来るわけがないだろう。だいたい、あの夜だって義兄の俺を誘うはずがない。だとすれば今夜もたまたまなのか)

正体に気づいたうえでここへ来たのであれば、比奈も真紘と同じ気持ちということになる。そうならいいのにと願うあまり、つい勘繰ってしまうのだ。

いっそ今ここで自分は真紘だと明かしてしまおうか。

不意にそんな考えが浮かんだ。

そうすれば一番知りたい比奈の気持ちが一発でわかる。

「俺が――」

口を開きかけたが、土壇場で思い留まった。

今ここで暴けば、せっかく会えた夜を台無しにする可能性がある。義兄だと知り、比奈はこの場から逃げ去ってしまうかもしれないのだ。拗らせた恋心を募らせた真紘にしてみれば、それは絶対に避けたい。

(こうして会えただけで十分じゃないか。モモと名乗っていようが関係ない)

比奈を前にした喜びが真紘の目を曇らせる。今さえよければそれでいい。

「俺がモテるって?」

「違う?」

ふふと笑う愛らしい彼女を前にすれば、真実を告げようとした考えなど、すぐに葬り去られてしまう。長年にわたり醸成された想いが、真紘に目の前にある幸せだけしか見えなくさせた。

「店内の女性客の視線を独り占めしてるのに気づいていないんだとしたら、レオさんって鈍感なのね」

「それを言うならキミのほう。俺には男性客たちの嫉妬に満ちた目が突き刺さってる。〝あんな美女に声をかけられて妬ましい〟ってね」

これは本当だ。バーテンダーでさえ、彼女の前にダイキリを置きながらポーッとしていた。

「相変わらずお上手なんだから」

比奈は色白の手を伸ばして真紘の腕に軽く触れた。

さりげないボディタッチひとつだけで胸が疼く。半袖から伸びる華奢な腕が妙にそそるからいけない。

ぽっちゃりしていたときの比奈ももちろんかわいかったが、強く触れたら壊れてしまいそうなほどのか細さが庇護欲を煽る。細いわりに豊満な胸というアンバランスさもいけない。

この前の情事が鮮明にフラッシュバックして動悸に襲われたため、ジントニックを飲み干して誤魔化した。

今があればそれでいい。刹那的な想いに塗りつぶされ、胸を躍らせた楽しいひとときがあっという間に経過していく。

とにかく今夜だけはレオとモモでいい。

だが真紘は頭の片隅で、いつまでもそのままではいられないのはわかっていた。義理の兄妹が、正体を明かさずに逢瀬を重ねていくことなど土台無理なのだから。

次に会うときにはすべてを明かそう。そしてモモは比奈だとわかったうえで抱いたのだと。

「そろそろ失礼するわ」

一時間ほど経った頃、比奈は突然席を立った。

(なぜだ。この前は濃密な時間を過ごしたじゃないか。今夜は置き去りにしようというのか)

焦りを覚えて気が動転する。冷静さを失いそうになる一歩手前でなんとか踏ん張った。

「このまま帰れると思ってる?」

彼女の手を掴み、その目を視線で射貫く。

比奈は一瞬怯んだが……。

「もうここへは来ないつもり」

無情にも彼女はそう告げた。感情を感じられない言葉が真紘の胸を貫く。

だが、ここで引き下がるつもりは毛頭ない。決別ともとれる突然の発言にショックを受けながらも、彼女の手を取った。

「そうはさせない」

強く握ったまま素早く支払いを済ませ、バーをあとにする。

「どこへ行くの!?」

戸惑う比奈を半ば強引にエレベーターに連れ込み、タッチパネルの最上階ボタンに触れた。

「帰すつもりはない」

「どうして」

「そんなのキミもわかっているはずだ」

今夜、比奈がここへ来ようが来まいがチェックインだけは事前に済ませていた。それは一種の賭けのようなものであった。

＊＊＊＊

比奈は、戸惑いながら真紘に手を引かれてエレベーターを降りた。ぎゅっと繋がれた手から彼の気持ちを読み取ろうと躍起になる。

レオになりきって二度目のアバンチュールを楽しもうというのか。一度抱いた女なら、二度目もたやすいという打算が働いてもおかしくはない。

それともそこに好意が存在しているからなのか。純粋にモモを欲しいというのか。

(もしかして、真紘さんが電話で言っていた好きな女性ってモモのこと……？　ううん、まさかね。出会ったばかりの人に体を許す女は遊ぶにはもってこいだけど、恋愛にはならないはずだもの)

一度きり、あの夜限りと心に誓った比奈だったが、真紘が今夜あのバーにいると思うと居ても立ってても居られず急いで駆けつけた。

お見合いの前にもう一度だけ会いたかった。一緒にお酒を飲んで他愛のない話をして、それで本当に終わりにしようと。

でも比奈自身もそれで終われるはずはなかったのだ。のこのこ来たことを後悔しながらも、真紘に強く求められてうれしいと感じてしまっている。

繋がれた手を無理に解き、彼を押しのけて逃げられるのに、抵抗せず彼に従っているのだから。

遊びでいい。愛なんてなくていい。モモのままでいい。

真紘にもう一度だけ抱いてもらいたい。

そう願ってしまったのだ。

前回と同じ部屋に入るなり真紘に唇を塞がれた。呼吸を根こそぎ奪うようなキスが、比奈を一気に陶酔の世界に引きずり込む。

口腔内を舌でかき混ぜられ、熱い息を交わし合う。部屋の奥へ足を進めながら、貪るように唇を吸い合い、舌が絡み合う。

裾から忍び込んだ手が巧みに白いブラウスを脱がし、ブラジャーのホックまで外す。零れ落ちたやわらかな膨らみを包み込まれ、堪えきれずに吐息が漏れた。

「んん……っ」

それ以上歩けなくなり、その場で足が止まる。円を描くように胸を撫でられ、その頂を指先で弾かれ、背筋が弓なりになる。

「あんっ！」

形が変わるほど揉まれているのに、痛いどころか気持ちがいい。

たぶんそれは、真紘のどことなく性急な手つきのせいだろう。強く求められている気がするから。

「モモ……会いたかった」

キスの狭間(はざま)に甘く囁く吐息が熱い。その熱だけで体が溶けてしまいそうになる。

事実、体の中心部分は痺れ、じくじくと疼き出す。

「私も――」

続く言葉は言わせてもらえなかった。舌を強く吸われ、意識まで持っていかれそうになる。

彼が会いたかったのがモモでも、彼の瞳に映っているのがモモでもよかった。

比奈のままでは決してできなかったことだから。

スカートをまくり上げた彼の手が、比奈の丸いヒップラインを優しく撫でては指が食い込むほどに揉みしだく。それだけでは飽き足らず、ショーツの中に潜り込んできた。

すぐに足の付け根を目指した指が、そこに溢れる泉の存在に気づく。

比奈自身も潤み具合に驚くほど。もしもショーツを穿いていなければ、太腿(ふともも)を伝ってフロアを濡らしていたに違いない。

「びちょびちょだ」

「そんなふうに言わないで」

恥ずかしさが増長して、さらに蜜が溢れる気がした。

「モモも俺とこうしたかったんだな。帰るなんて言っておいて、ここをこんなに濡らして」

「ちがっ」

「俺を煽るためにつれない態度をとったわけだ」

「だから違うの」

決してそうではない。真紘の執着心を煽るために帰ろうとしたのではない。

あのときは本気で帰るつもりだったのだから。あれ以上一緒にいたら、あの夜のように抱いてほしくなるから。

「それじゃどうしてこんなにトロトロに？」

〝ほら、見てごらん〟とばかりに、比奈の蜜で濡れた指先を顔の前に突き出す。それは照明が反射してツヤツヤに光っていた。

自分のいやらしさを見せつけられて居たたまれない。

「レオさんの意地悪」

頬から耳にかけて真っ赤になった顔を逸らす。

「おかげで俺も我慢の限界だ。今すぐここで挿れたい」

「えっ？」

真紘は比奈の体を反転させ、壁に手を突くよう指示した。

「ここでするの？」

「ベッドまで待ちきれない」

「すぐそこなのに」

寝室はこの通路を奥まで進んだ左側だ。スイートルームだから広いとはいえ、歩いてすぐの距離にある。

「それくらいモモが欲しい」

そこまで切羽詰まって乞われたら比奈だって拒めない。むしろ喜びさえ感じる。

トラウザーズを寛がせ、ボクサーパンツをずらした途端、中から彼の滾ったものが勢いよく飛び出した。

天井を向いた猛々しいなりに思わず息を呑む。

ポケットに忍ばせていたのか、真紘は小さな包みの封を噛み切り、取り出した薄い皮膜を自身の高ぶりに被せた。

「お尻を突き出して」

「……こう？」

言われるまま野性的なポーズをとると、真紘はスカートを腰まで持ち上げ、ショーツを腿まで下ろした。間髪容れず、露わになった比奈の泥濘に逸物を突き立てる。

「――ああっ……ん、ん～っ……やっ、ハァ」

強烈な圧迫感はすぐに快楽を生み、蜜を溢れさせながら比奈の最奥を穿つ。瞬間、目の奥に閃光が走った。生々しく、甘美な刺激だ。

真紘からも切なげな吐息が漏れた。

「ヤバいな、挿れただけでイキそうなほど気持ちがいい」

彼は比奈の腰に手を添え、ゆっくり抽送をはじめる。緩やかなのは最初だけ。形が馴染むに従いスピードを上げていく。

「ぁ、レオさっ……や、ダメ……んん……」

ふたりが繋がった部分からは、くちゅくちゅという水音と肌同士がぶつかり合う乾いた音が響く。

強弱をつけ、ときに角度を変え、比奈の弱点を探る動きにされるがまま。もはや役目を果たさないブラジャーは中途半端にぶら下がり、たわわな胸が毬のように弾む様子は全裸よりも卑猥だ。

「モモ、最高だ……。締まりも絡みつく襞も、全部俺のためにあるみたいだ」

「……レオさんのためにあるのっ」

比奈は体も心も真紘に捧げたのだから。たとえ一緒になれなくても、一生分の愛を彼に――。

「本当にかわいい女性だ。たまらない」

「ああっ！　レオ、さ……」

ぐいと切っ先を突き立てられ、一瞬意識が飛びそうになったが懸命に手繰り寄せた。

彼との貴重な時間は、どの瞬間もはっきりと覚えていたい。

冷たい壁に爪を立て、与え続けられる刺激を余すところなく受け止める。

（今夜だけだから。こんなことはもうこれで終わり。最後にするの。だから……）

「もっとしてっ……！」

髪を振り乱して彼にねだった。

いっそ体が壊れるほどめちゃくちゃにしてほしい。真紘と繋がり壊れるなら本望だとすら思う。

「望むところだ。ただし俺もそこまで持ちそうにない。一緒にイこう」

「いやっ、まだ終わりにしたくない……からっ」

「これで終わらせるわけが……ない、だろう？　ッ……夜はまだはじまったばかり……だっ」

真紘は最後の言葉に合わせてズンと比奈を突き上げた。

「いやあっ」

これまで当たらなかった部分に鮮烈な刺激を受け、甘い快感が体じゅうを駆け抜ける。

真紘は比奈の両胸を鷲掴みにし、腰を激しく振りはじめた。

胸の尖端を指で捏ねられ、上から下から込み上げる愉悦が止まらない。こんなにも彼の腕に溺れるなんて想像もしなかった。

溢れる愛しさと同量の切なさに胸が焼けつく。

ふたりの繋がった部分からとめどなく溢れる蜜は芳香を放ち、汗ばんだ体をぶつけ合う。

「モモっ、モモっ」

「ああ、もうっ、ダメ！　……ハァハァ、ぁ、ぁ」

「モモ、イけっ」

苦しげに放った彼の言葉が比奈を解放する。極限まで上り詰め――。

「あああ～～～っ！」

激しい陶酔の波に襲われ、下肢がビクビクと痙攣する。

「俺も……っく、ハァッ！」

今にも崩れ落ちそうになった比奈を支えながら、真紘は自身の腰をぐっと比奈に押しつけた。熱く白い飛沫を薄い膜越しに比奈の中に放ちながら――。


ようやく遠く東の空が白みはじめた頃、ふたりが激しく交わった余韻を残した部屋で、比奈はひっそりと目を覚ました。

浅い眠りは濃密な夜のせいか、それとも別れが迫っているせいか。

昨夜はリビングに続く通路で真紘に抱かれたあと、ふたりでシャワーを浴び、そこでも堪えきれずに淫らに交わり、ベッドに移動してからも飽きることなくお互いの体を求め合った。

乱れに乱れた夜とは正反対の静寂がベッドルームを包み込んでいる。そんな痴態などまるでなかったかのようだ。

どこか現実的でないのは、比奈と真紘では決して起こらない展開だったからだろう。モモとレオだから許された逢瀬だった。

隣に眠る真紘を起こさないようにベッドを抜け出る。体じゅうに残る彼との情事の痕は生々しく、それを目にするだけで下腹部がじくじくと疼く。

でももう、本当におしまいだ。

散らばった服や下着をかき集めて身支度をし、バッグから小さな紙きれを取り出した。

前回、彼にもらった連絡先が書かれたメモである。不毛な関係はこれで終わりという意味を込め、リビングのテーブルに置く。

「真紘さん、さよなら」

スイートルームの扉を開け、真っすぐ前を向く。絶対に振り返らないと決め、エレベーターに乗り込んだ。

暴かれた正体

着物というものは着るだけで背筋が伸び、不思議と神妙な気持ちになる。大きな姿見の前に立った比奈は、晴れがましい装いになった自分をじっと見つめた。

真紘と淫靡な夜を過ごした女にはとうてい見えない淑女が、そこに映っている。鶴や百合が描かれた薄紅色の加賀友禅は華やかで、晴れのシーンに相応しい。

今日はこれから大鷲博希とのお見合いが控えている。

今朝早くホテルから自宅マンションに帰った比奈は、急いでシャワーを浴びて実家へ向かった。そこで待ち構えていたスタイリストに母娘揃って着付けをしてもらったところである。

(愛する人と激しく抱き合った翌日にべつの男とお見合いするなんてね)

自分がそんなふしだらな女とは思いもしなかった。一般的な観点では、悪女と呼ばれてもおかしくないだろう。

「比奈、とっても似合ってる。素敵よ」

母の美紀が、比奈の周りをくるりと回って絶賛する。スマートフォンを持ち出し、写真を何枚も撮影しはじめた。

「あら、お母さん、撮りすぎ」

「だって綺麗なんだもの。あとでプリントアウトして飾りましょ」

比奈の制止もなんのその、カシャカシャと音を立てる。

美紀は昔からそうだった。記念日やここぞというときなどに関係なく、普段の何気ない比奈を撮影したがる。

それは寝起きで歯磨きをしているところや、お風呂上がりに水を飲んでいるところ、料理をしているところなど、とにかく気を抜いているショットばかりなのだ。

見かねたスタイリストが「お撮りしましょうか？」と声をかけてきたため、賑やかな声に誘われて顔を出した肇と三人並んで写真に収まった。


車でやって来たお見合い会場は、八十年以上の歴史のある料亭である。

山手線の内側にあるとは思えないほど広く見事な日本庭園を有するそこは、夏になると蛍の鑑賞会が開かれるという。総ヒノキの数寄屋造りの建物は趣があり、店自体も庭の一部のように溶け込んでいる。お見合いにはうってつけの場所と言っていいだろう。

梅雨入りして間もない庭は、昨日の雨でしっとりと湿気を孕む。

上品な女将に案内された部屋には、すでに先方がいた。

引き戸を開けて入ると、真正面にずらりと座る三人が出迎える。大鷲博希とその両親だ。

スペイン人と日本人とのハーフである彼の父親は、さすがに彫りが深く端正な顔立ちをしている。母親は楚々とした感じのする美人だ。

ダークグレーのスーツを着た大鷲は、いつものように品のある笑みを浮かべていた。

その顔を見て、改めて現実を目の当たりにする。比奈は大鷲と結婚しなければならないのだと。

(今さら〝しなければならない〟なんて思ったらダメよ。私は彼と結婚するの。それが一番の道なんだから)

そう言い聞かせて肇と美紀に続き、彼らに自己紹介する。

「阿久津比奈と申します」

楚々として頭を下げると、大鷲の両親からため息が漏れた。

「噂に聞く、かわいらしいお嬢さんですね」

もったいない言葉に謙遜しつつ「ありがとうございます」と両親ともども素直に受け取る。

今回のお見合いは大変結構な話だと、先方は大いに満足な様子だ。大鷲の父親は商社勤めで、海外を転々としていたと言う。昨年までは夫婦でトルコのイスタンブールにいたらしく、そこでの話からはじまりスペインや中国にいたときの話など話題は尽きない。

「ところで比奈さんも事務所で働かれているそうですね」

不意に彼の父親から質問を投げかけられた。

「はい。大学を卒業してからずっとそうです」

「父さん、比奈さんは仕事がよくできると評判で、所長の娘というのを鼻にかけない素直な女性だし、所員たちにとてもかわいがられているんだ」

「そうかそうか。それは心根がいい証だ。多くの人はその立場に胡坐をかいて周囲から疎まれる人間になりがちだからね」

「比奈さんの悪い評判は耳にしたことがない」

いきなり持ち上げられたためソワソワする。所長の娘だからと特別視されるのを防ぐため、謙虚に仕事に励んできたのを褒められたのは純粋にうれしい。

繊細な味つけの懐石料理に舌鼓を打ち、つつがなくお見合いの場が進行していく。

「そろそろ若いふたりで話す機会を設けましょうか」

大鷲の父親のひと声で、比奈は彼とふたりきりになった。

「せっかくですから庭に出てみましょうか」

大鷲に提案されて頷く。

手入れの行き届いた庭園は、来たる夏を待ちわびて青々とした葉を茂らせている。この庭だけでも四季の移り変わりを感じられそうなほど、様々な植物で彩られていた。

「比奈さんは、この結婚に乗り気ではないようですね」

前を歩いていた大鷲が振り返る。微笑んでいるが目は笑っていない。

自分では普段と変わらない態度に徹しているつもりだが、そんな空気を醸し出してしまったかとヒヤヒヤする。図星のため返す言葉がすぐに見つからず、鯉のように口をパクパク動かした。

「ほかに好きな男でもいますか？」

「い、いえ、そのようなことは」

痛烈な矢に胸を射られた感覚だ。

「そうですか？　では、この男性とはどういうご関係で？」

長い足を前に踏み出して比奈との間合いを詰めた大鷲が、手のひら大のものを突き出す。

「――っ」

それを見た比奈はあまりにも大きな衝撃に襲われ、心臓がありえないほど大きな音を立てた。比奈がモモとして真紘と肩を寄せ合っている写真だったのだ。

（どうしてそんなものが⁉）

ホテルのラウンジバーで一緒に飲んでいる写真や、スイートルームに入っていくふたりの後ろ姿、翌朝、比奈がひとりでその部屋から出ていくところも写されていた。

比奈が着ている洋服から、初めてモモになった夜だとわかる。

「こ、これは？」

動揺を必死に抑えて平静を装う。

「妻になる女性の身辺調査くらいします」

興信所にでも頼んだらしい。そこまでするとは予想もしていなかった。

「この女性、比奈さんに間違いありませんね？　普段とは違った雰囲気ですが、バッグに見覚えがあります」

大鷲が平然とした表情でバッグを指差す。

それは以前、父の肇からプレゼントされた、世界にひとつしかないオリジナルのものだった。

〝私じゃありません〟と言い逃れするには苦しい状況だ。

「この男、血が繋がっていないお義兄さんですよね？」

大鷲の追及に愕然とする。真紘のことまで調べ上げているようだ。

「これを所長に見せたらどうなるでしょうか」

お見合い相手の不埒な行為を前にしても動じない。大鷲は落ち着き払った声でなぞかけのように言った。半ば脅しと言ってもいい。

（ど、どうしよう……！　別人だってしらを切る？　それとも、血は繋がっていないけど、兄妹だからべつに怪しくないって言い訳する？　ううん、無理よ。ここまで確証を掴んでいるんだもの）

証拠を握って自信に満ち溢れた大鷲には決して通用しないだろう。かといって絶対に肇に知られるわけにはいかない。

美しい庭園にはおよそ不釣り合いな空気が、ふたりの間に立ち込める。お見合い相手の奔放な恋愛事情を暴いたのに、大鷲は全然動じていない。それどころか目の奥に不気味な光を宿し、どことなく楽しんでいるようにすら見えた。

この調査結果を得たのがいつなのか知らないが、随分前から調べていたのだろう。調査中だったにしろ、何食わぬ顔をして比奈に『では、お見合い、楽しみにしていますね』と言った神経を疑う。

「そんなにビクビクしなくても大丈夫です」

思わずじりっと後ずさりした比奈を見て、ふっと笑みを零す。

大鷲はいったいどうしようというのだろう。このお見合いをぶち壊したいのか、それとも所長の娘と息子である比奈と真紘のイケない関係を白日のもとに晒したいだけなのか。

真意が掴めず、意図せず睨み合うようになる。

「……なにが目的ですか？」

そう聞くのがやっとだった。

「僕は阿久津法律事務所が欲しいんです」

大鷲が臆面もなく言ってのける。思いも寄らない展開が唇を震わせる。

〝キミが好きだから結婚したい〟とあからさまに嘘をつくより潔いが、比奈はそうくるとは予想もしていなかった。

肇は最初から後継ぎとして大鷲を選んだため、比奈と結婚すれば自動的に事務所が手に入るのは事実だ。

「子どもの頃から、欲しいものはなんだってすべて手に入れてきた。名誉も栄光も、恋人だって全部自分の思い通りにしてきたんです。だから絶対に比奈さんを逃さない」

大鷲は口角をニッと上げ、不敵な笑みを浮かべた。

爽やかな好青年だと噂の彼の、隠された一面を見せられて言葉もない。比奈はただじっと唇を噛みしめるばかりだった。


ほどなくしてお互いの両親と合流し、料亭の敷地を出たところで解散となる。すでに祝賀ムード満点の中、比奈ひとりだけ言葉少なに車に乗った。

「大鷲くんはいい男だったろう？」

「ええ、とても立派な方ね。比奈のことも大事にしてくれそうだし、事務所も安心して任せられそうね」

「ああ、大鷲くんなら間違いないだろう。あちらのご両親も喜んでおられたし、お見合いは大成功だな。比奈は大鷲くんとふたりで話してどうだった？」

「え？　あ、うん……」

少なくとも大鷲は後継者になるために比奈とのお見合いに臨んだため、事務所が欲しいというのは率直な気持ちなのだろう。それを比奈本人に言ってしまうのだから正直と言うか、狡猾（こうかつ）と言うか。

義兄との関係を平然とした様子で暴くという、腹になにを抱えているのかわからない怖さもある。

しかしそんな話をして両親を不安がらせたくないし、ましてや息子と娘が体の関係を持っているなど絶対に言えない。

「あら、どうしたの？　話が弾まなかった？」

「ううん、そんなことないよ。大丈夫、楽しかったから」

そう答える以外にない。比奈は急いで笑みを浮かべた。

「そう、よかったわ。ね、肇さん」

肇と美紀は顔を見合わせて微笑んだ。


大鷲がしたたかな男だと判明しても、弁護士として有能なのは事実。事務所と母の幸せを守るために比奈が彼と結婚するのが一番なのも変わらない。

自分を犠牲にして悦に入ってるわけではなく、真紘と結婚できないのなら誰が相手であっても同じというのが比奈の本音であった。

翌週の月曜日、比奈が同じ部署の美保子と休憩室でお弁当を広げていると、いきなりテーブルを四人の先輩女子たちに囲まれた。

「比奈ちゃん、大鷲さんと結婚するって本当？」

「えっ」

まだ所内の誰にも話していなかったため唖然（あぜん）とする。

（お義父さんが誰かに話したのかな）

後継者が決まったも同然のため、うれしくてつい言ってしまったか。それにしても耳が早い。

「土曜日にお見合いしたんでしょう？」

「さっき聞いたの」

ね？　と笑顔で頷き合う四人の様子を見ていた美保子が、向かいの席で目を真ん丸にする。

「比奈ちゃん、そうなの？」

合わせて五人の視線が矢のように飛んできた。どれも興味津々の目だ。

お見合いも結婚も事実のため、今ここでしらばっくれたら嘘つきになりかねない。

「じつはそうなんです」

いったん箸を置いて膝の上に手を置き、素直に認めた。

「きゃーっ、本当だったのね！」

「阿久津法律事務所きっての敏腕弁護士だし、イケメンだし羨ましい～！」

「でも比奈ちゃんとならお似合いだもんなぁ」

「そうよね、美男美女カップル」

にわかに休憩室の一画が賑やかになる。方々からも視線を集めて恥ずかしいやら居たたまれないやら。比奈は四人が口々にする言葉に恐縮して頭を下げた。

「ですが、そのお話をどこで……」

見上げた四人の顔に視線を彷徨わせる。

「大鷲さん本人からさっき聞いたの」

「大鷲さんからですか？」

彼が自分から話すとは思っていなかったため、驚きつつ聞き返す。プライベートな話をペラペラしゃべるイメージはなかった。弁護士だからそう感じていたのもあるのかもしれない。

「いろんな人に話してたわ」

「比奈ちゃんと結婚するのがよっぽどうれしいのね」

それは違う。比奈ではなく、阿久津法律事務所が手に入るからだ。所長も認めた事務所の後継者だとアピールしているのだろう。

お見合いのときに彼に向けられた、悪びれもしない笑みを思い出して嫌な気分になる。決意とは裏腹に、比奈は心がじわりじわりと重い雲に覆われていくのを感じていた。

（結婚はほぼ本決まりなのに……）

比奈がどう感じていようが、この話は覆らない。

「とにかくおめでとう」

四人は祝福ムードのまま、楽しげな空気と一緒に去っていった。

「比奈ちゃん、大丈夫？」

思わず自分を掻き抱いていると、美保子が心配そうにテーブルに身を乗り出す。

ハッとして我に返り、笑顔を取り繕った。

「あ、はい、大丈夫です」

「もしかして、あまり気が乗らないの？」

「あ……いえ、皆さんが知っていたので、ちょっとびっくりしただけです」

つい目が泳いだが怪しまれないように返す。

「それならいいけど、大鷲さんって意外と口が軽いのね。比奈ちゃんと結婚できるのがうれしいのはわかるけど」

美保子は周囲の目を気にしながら声のトーンを落とした。比奈と同じように感じたらしい。

「あ、ごめん、お相手の悪口なんて言うものじゃないわね。今のは聞かなかったことにして」

肩を上げ下げしてウインクを飛ばしてきた美保子に、比奈がなんとか返した笑みはわずかに口元が引きつった。


お弁当を食べ終えて美保子と総務部に戻る途中、大鷲が反対方向から歩いてくるのが見え、比奈は思わず美保子の陰に隠れるようにして俯いた。

美保子が肩越しに「どうしたの？」と比奈を見る。

不信感を抱いた話のあとだけに顔を合わせづらい。

しかし華奢な女性を隠れ蓑(みの)にできるはずもなく、すれ違いざまに大鷲から声をかけられた。

「比奈さん、かくれんぼ？」

クスッと笑う爽やかな笑顔が、比奈には悪魔の微笑みに見える。

（そんな顔をしても腹黒いのは知ってるんだから）

ちょっとした反発心で彼を窺う。

とはいえ彼は比奈にそれを包み隠さず明かしているから、その笑顔は周りの人たちに向けてのものだろう。事実、立ち止まった比奈たちを避けて行き交う所員たちは、彼に好意的な目を向けている。特に女性はたいていがそうだ。

中には彼を〝射止めた〟比奈を妬ましく感じている人もいるかもしれない。所内では比較的かわいがられている比奈だが、そのくらい大鷲は女性人気が高い。

気を利かせたのか、美保子は「私、先に戻ってるね」と比奈を置いていってしまった。

（美保子さ〜ん!!）

呼び止めたかったが、ぐっと堪える。つい先ほども『気が乗らないの？』と比奈を気遣ってくれた先輩に、余計な心配はかけたくない。

「そんなに照れなくてもいいんですよ。僕たちは婚約したも同然なんですから」

大鷲の手が不意に伸びてきたため反射的に体を逸らして避けたら、壁にコツンと頭をぶつけてしまった。不覚だ。

「大丈夫ですか？　ここに糸くずがついているから取ろうとしただけですよ」

〝ほら〟と比奈の肩先についていたらしきゴミを摘まんで見せる。

「す、すみません、ありがとうございます」

「そんなに警戒しないでください。皆さんに変に思われますから」

ぴょんと一歩飛びのいたが、大鷲はかまわずに間合いを詰め、比奈の耳元に囁いた。

吐息がかかるほどの近距離だったため、背筋に嫌なものが走る。

結婚前提のふたりの甘いやり取りに見えるのか、行き交う人たちは比奈がただ照れているだけと思っているようだ。微笑ましそうに横目にしながら通り過ぎていく。

「今夜、お食事でもどうですか？」

「ごめんなさい、今夜は予定がありますので……」

嘘だと気づいたのか、大鷲が片方の口角を上げてニヤッと笑う。

「それは残念ですね。ではまた改めてお誘いします。楽しみにしてますね」

真っすぐに注がれる視線から〝逃がさないよ〟といった意思を感じて狼狽える。そんな比奈を見て、大鷲はどことなく楽しげな様子でゆったりとした足取りで遠ざかっていった。

その背中を見ているうちに、ぼんやりとしていた大鷲を拒絶する気持ちがはっきりと輪郭を表してくる。

比奈は、真紘と結婚できないのなら相手は誰でも同じだと思っていた。

でもやはりそうではない。相手が小賢（こざか）しい大鷲のような男だからなのもそうだが、一大決心をして真紘と肉体関係を結んだ結果、ほかの人ではダメなのだと痛いほど気づかされてしまった。

（やっぱり、大鷲さんとは結婚したくない）

事務所と母親のためと固く決意したはずが、彼と接するにつれて意思がぐらつきはじめた。

（だけど、それじゃ事務所はどうなるの？　お義父さんもお母さんも安心して、すごく喜んでいるのに）

大鷲の人格はさておき弁護士としてはトップクラスのため、比奈が彼を受けつけられないからといって安易に破談にはできない。

そもそも比奈が真紘と一夜をともにしていなければ、こんな事態にはなっていなかったかもしれないという負い目もある。大鷲は比奈の不埒な行動を見過ごせず、あんな態度に出たのかもしれない。

（私が悪いのはわかってるんだけど、大鷲さんは嫌。……真紘さんに相談してみようかな。――ううん、ダメよ。真紘さんだって、そんな相談をされたら困るわ）

真紘を頼りたい気持ちが芽生えたが、すぐにその芽を摘み取る。

父親が望む方向とはべつの道を歩いている真紘もまた、引け目を感じているだろうから。比奈がそんな相談をすれば〝俺が後を継がなかったせいだ〟と自分を責めるに違いない。

比奈は米俵でも背負ったように重い足取りで総務部へ戻った。

比奈と大鷲が結婚するというニュースは、それから三日も経たないうちに事務所内に知れ渡った。

驚いたのは海外支社の人間からも真偽をたしかめる電話がわざわざ入ったことだ。それも一本や二本ではない。

事務所の代表である肇の娘の結婚事情には、誰も彼も興味があるらしい。比奈の夫イコール事務所の後継者だからだろう。トップに立つ人間の手腕によって、企業はよくも悪くも大きな影響を及ぼす。

大鷲なら安心して事務所を任せられる男だと、ほとんどの人が祝福しているように感じた。

浮かない気分で、あと半日がんばれば明日は休みだと自分に言い聞かせながら社内の通路を歩いていると、資料室を開錠して入室しようとしている大鷲の姿を見かけた。急いでいるのか早足だ。

そこにはクライアントのデータなどの機密情報が保管されており、比奈の部署が管理している部屋である。入室するときには鍵が必要であり、総務部に報告しなければならない。

おそらく担当しているクライアントの情報が必要だったのだろう。

見つかって話しかけられたくないため、大鷲が中に入るのを見計らってから資料室の前を通り過ぎる。ほかの人にすれば、なにかから逃げているような足取りに見えるだろう。

比奈がそうしてコソコソするのは昨夜、大鷲から食事へ誘う電話が入ったからである。

連絡先は交換していなかったが、肇にでも聞いたのだろう。未来の娘婿に聞かれれば肇は喜んで教えるだろうし、むしろ〝どうして教えなかったのか〟と比奈を咎めてもおかしくない。

彼の誘いはのらりくらりとかわしたが、『あの写真、所長に見せたら驚くでしょうね』と脅迫めいた発言で比奈を翻弄し、どこか愉快そうだった。

大鷲は『それじゃまた電話しますね』とあっさり引いたが、肇に気に入られている強みがあるから余裕綽々だ。比奈が父親に相談できないのを見越しているのが悔しい。

今ここで顔を合わせて、また彼と同じような攻防戦を繰り広げたくなかった。

あれから比奈はまだ、激しい葛藤の中にいる。逃げてもはじまらないのはわかっていても、避けずにはいられない。

(はぁ……。どうしたらいいのかな)

出口の見えないトンネルは、果てしなく暗く長い。

大きなため息で重い気持ちを吐き出してから、気持ちを無理に切り替える。

(とにかく今は大鷲さんの件で悩むのは保留にしよう。明日は楽しい予定が待ってるんだから)

両親は明日、結婚十七周年を迎えるため、そのお祝いをすることになっている。

(真紘さんはきっと今回も来ないだろうけど、そのほうがいい。っていうか、来られたら困るわ)

比奈として顔を合わせたら、モモに変装していたのがバレてしまうのだから。それは避けたい。

この十年、真紘はそのお祝いには一度も駆けつけておらず、代わりにいつも宅配便でプレゼントが届く。昨年はディナークルーズの貸し切りチケットだった。ものすごく豪華だ。

両親はいつも彼からのプレゼントを楽しみにしており、比奈も喜ぶふたりを見ると幸せな気持ちになる。

ささやかではあるものの、比奈も準備した贈り物を手渡すのが待ち遠しかった。

翌日土曜日の夕方、比奈はプレゼントを抱えて実家を訪れた。

美紀は料理好きのため、お祝いされる側であっても腕によりをかけて料理を作る。結婚記念日だけでなく自分の誕生日でもそうだ。肇から外食に誘われるが、記念日だからこそ好きなものを好きなだけ作りたいらしい。

今夜もダイニングテーブルには魚介類たっぷりのパエリアにシシカバブの菜包み、かぼちゃのグラタンに厚切りベーコンと玉子のビスマルク風ピザといった具合に国籍も多種多様な料理が並んでいる。

もちろんデザートのバナナシフォンケーキも美紀お手製である。

「お母さん、今夜も豪勢ね。全部おいしそう！」

どれから食べようか迷ってしまう。

「比奈ったら、その前になにかひと言忘れてなぁい？」

「そうだな、大事な言葉を忘れてるな」

エプロンを外して比奈の真正面に座った美紀のなぞかけに、肇も満面の笑みで続けた。

（あっ、そうよね）

遅ればせながら今日ここへ来た目的を思い出す。

「お父さん、お母さん、結婚十七周年おめでとう！」

バラエティ豊かな料理に目を奪われ、肝心のお祝いを忘れてしまった。

「これは私からのプレゼント。ふたりで使ってね」

持参した紙袋を美紀に差し出す。中身は和食器の夫婦茶碗である。

縁起がいいとされる十草模様の絵柄の色違いで、一見渋いがころんと丸みのある形がかわいらしい。最近人気のある陶芸家の一点ものだそうで、比奈にしてはかなり奮発した。

「まあ、素敵！　あなた、早速使いましょうか」

「ああ、そうだね。比奈、ありがとう」

「ありがとうね、比奈」

美紀はすぐに洗ってから、うれしそうにパエリアをそこに盛りはじめる。

「パエリアと茶碗ってミスマッチじゃない？」

渋めの和柄にスペイン料理の代表格は少しちぐはぐだ。

「いいのよ。せっかく比奈がプレゼントしてくれたんだもの」

「比奈が言うほど合わなくもないぞ？」

肇がパエリアをよそった茶碗を比奈に見せびらかす。たしかに肇の言う通りだ。

「そうね。炊き立ての真っ白なご飯か炊き込みご飯がお似合いと思ったけど」

ムール貝が乗っていても素敵な茶碗に変わりはない。

「でしょう？」

「とってもおいしそう」

「お母さんの料理はもともとおいしいのよ」

「自分で言っていれば世話ないな」

「でもほんとにそうだものね」

比奈の褒め言葉に美紀は得意げに胸を張った。

肇と美紀はワイン、比奈のグラスにはノンアルコールのワインが注がれる。三人でグラスを持って乾杯。口に運んだパエリアはレストランの味と遜色ない。

「おいしい！　さすがお母さんね！」

「ふふ。朝から準備してがんばったから」

そうしてワイワイ盛り上がっていると、不意にダイニングに現れた人物を見て息を呑んだ。

(――ま、真紘さん⁉)

いや、息を呑む程度では済まない。心臓は止まりかけ、呼吸もできないほどだった。

今回も来ないと思っていたため無理もない。比奈は今にも零れ落ちそうなほど目をひん剝いた。

「遅くなってごめん」

謝罪する彼に、両親が揃って笑顔を向ける。

「真紘じゃないか。いきなりのっそり現れて驚かすもんじゃない」

「まあ！　真紘さん、来てくれたのね！　もしかして比奈とは十年ぶりじゃないかしら？」

美紀から視線を投げかけられドキッとする。

「う、うん、そうかな」

なんとか返したが唇が震える。

肇も美紀も大歓迎で彼を比奈の隣に座らせた。

あからさまに挙動がおかしいのに肇と美紀は真紘が来た喜びで気づかず、比奈にいたっては自分が不自然だとは思っていない。むしろ平静を保っていると勘違いも甚だしい。

しかし実際には心も頭もパニック。

（どど、どうしよう！　真紘さん、モモだって気づいちゃうかな）

モモのときのようにメイクは濃くないし、ここ一番という気合の入った洋服も着ていない。大人の女の雰囲気を纏うようにしていたモモとは印象は違うはずだ。

ヒヤヒヤビクビクしながら横目で彼を見たら、ばっちり目が合ってしまった。

熱いものにでも触れたように瞬時に視線を逸らしたが、そんな反応はまずいとすぐに見つめ返す。

引きつる頬には無視を決め込む以外にない。

「久しぶりだな、比奈」

真紘は悠然と微笑んだ。

（〝久しぶり〟って言った……！　やっぱり気づいていないのよね？）

疑うような素振りもなければ、探るような口調でもない。十年前まで比奈に対して向けていた、義妹に対する慈しみ深い眼差しだ。

（だけど私の変身テク、そんなに上手だったんだ）

人気インフルエンサーのメイクアップ動画で何度か練習はしたが、別人レベルにまで達しているとは。現在の比奈と会ってもモモだと気づかないのだから、きっとそうなのだろう。

（ひとまずよかった……）

正体を暴かれる心の準備は当然していなかったため、どう攻略したらいいのか現段階ではさっぱりわからない。本当に助かった。

「う、うん、久しぶりだね」

目を泳がせてなるものかと表情筋に力を込めすぎたらしく……。

「こういった場になかなか顔を出さないいから怒ってるのか？」

「えっ？」

「そんな顔をして睨まないでくれ」

「そんなって……怖い顔してた？」

手で両頬を慌てて覆い〝リラックスリラックス〟と念じる。

「久しぶりで緊張したのよね、比奈」

「そ、そうなの、かな？　最後に会ったのは中学生？　だった？　から、かな」

美紀に言われてただたどしく返しつつ、〝本当はついこの前会っているんだけど、絶対に言えない〟とハラハラドキドキだ。義兄として比奈の前に現れても素敵なのは変わらないから余計に。

「大きくなったな」

頭をポンポンする手の動きに合わせて鼓動がトクントクンと弾む。

「子どもみたいに言わないで」

おどけて返したものの、その手で体じゅうに触れられた夜を思い出して顔に熱が集中する。

（ダメっ、真紘さん！　お願いだからむやみに触らないで〜！）

心の中で叫んだ声は届くわけがない。真紘はそのまましゃっと髪を撫でた。

「そうだな、比奈はもう立派な大人の女性だ」

あの夜を彷彿とさせる甘い眼差しを向けられ、次の返しがなにも思い浮かばなくなる。

唇を小さくパクパクさせていると、肇がキッチンから持ってきたワイングラスを真紘の前に置いた。彼の意識が逸れてほっとする。

「真紘もワインでいいか？」

今夜のために用意したヴィンテージもののワインを肇がグラスに注ごうとしたが、真紘は止める。

「いや、車で来てるんだ。っと、その前に」

真紘は薄手のジャケットの胸ポケットから細身の封筒を取り出した。

「結婚十七周年おめでとう」

「まあ！　ありがとう！」

「ふたりでゆっくり行ってきて」

「ゆっくりってどこへ？」

ウキウキしながら美紀が封筒の中から紙を引き抜く。折りたたまれていたＡ４サイズのそれを開いた。

「ホテル・プレジール？　宿泊予約？」

「公式サイトで予約した証明。プリントアウトしてきた」

「スイートルームなんていいの？」

その用紙をまじまじと見た美紀が、目を激しくまたたかせて真紘に確認する。

「日常を忘れてゆっくりしてもらおうと思ってね」

「うれしいわ。都内の一流ホテルに肇さんと一泊だなんて」

美紀はうっとりとしたような目をして喜んだ。

（プレジールのスイートルームっていったら……真紘さんと一緒に過ごした部屋だ……）

比奈のほうも、嫌でも胸が高鳴って収拾がつかなくなる。

「ふたりでのんびりしてきてよ」

「ありがとう、真紘さん！」

「気を使わせて悪いな」

「いいって」

真紘は手をひらりと振って笑顔で返した。

「それじゃ、もう一度乾杯しましょ。真紘さんは比奈と同じノンアルでいいかしら？」

美紀に尋ねられ真紘が頷く。注がれたグラスを持ち、改めて四人で乾杯した。

「あ、そうだわ、真紘さんに報告しそびれていたんだけど」

美紀が喜々として椅子に座りなおす。

もしかしてお見合いの件かと比奈が予感するのと、美紀が先を続けるのは同時だった。

「比奈ね、この前お見合いしたのよ」

「ちょっ、お母さん！」

反射的に勢いよく制すと、テーブルに置いたグラスの中でワインが大きく波打った。

「……お見合い？」

比奈は見逃したが、聞き返した真紘の眉がピクリと動く。その目は鋭く細められた。

「あら、どうしたの？」

「だ、だって恥ずかしいから」

「恥ずかしがる必要はないだろう？　大事な義妹の結婚だ。なあ、真紘？」

肇がハハッと高らかに笑い声を立て、真紘に問いかける。

「そういえば真紘さんに比奈の着物姿の写真を送り損ねたわ。ちょっと見てみる⁉」

「やだ、お母さん、そんなのいいから！」

ガタンと椅子を鳴らして手を伸ばす。お見合いのために着飾った姿なんて彼に見せたくない。

（真紘さんにとって私は義妹でしかないから、その写真を見たってどうも思わないだろうけど。うれしそうに〝かわいいな〟とか〝綺麗だな〟なんて言われたくないの）

あくまでも義妹に対する目線であり、女性として関心がないのを目の当たりにするのが辛い。

しかし美紀は比奈の制止もなんのその。真紘の返事も聞かずにスマートフォンを素早く操作し、彼に画面を向けた。

「ね？　綺麗でしょう？」

写真を凝視した真紘がわずかに息を呑んで固まる。

「なんだ、真紘、あんまりかわいいから驚いたか」

「……ああ」

真紘はもう十分だとばかりにスマートフォンを美紀に手で押し返した。

（ほら、やっぱり。大して興味がないから反応に困ってるじゃない。だから見せてほしくなかったのに。も～、お母さん!!）

じとっと湿気を孕んだ目で美紀を睨むが、まるで気づいてもらえない。

モモのときには熱く見つめてくれたが、比奈ではやはりダメなのだ。どうあがいても義妹は義妹。

そこからは発展しない。

「うちの有能な弁護士でね。後継者に相応しい男なんだ」

「大鷲さんって方で、とても爽やかなの」

誇らしそうな肇の言葉を美紀が補足する。うれしくてたまらない感じだ。

「……大鷲？」

「ええ、大鷲博希さん」

名前を聞き返す真紘に、美紀がフルネームで答える。

真紘が怪訝そうなのは気のせいなのか。

（お母さんは爽やかな人って言うけど、大鷲さんって人間的にはどうなんだろう……）

現場を押さえ、それをネタに脅すなど弁護士としてアウトではないだろうか。

かといって大鷲に逆らえば、あの夜の出来事が白日の下に晒され、家族を混乱させる事態に発展してしまう。真紘は比奈に騙されたと失望するだろうし、両親は自分たちの子どもが不健全な関係になったと悲しむだろう。

だからなんとしても、その秘密だけは守らなくてはならない。

大鷲に脅され、真紘を頼りたい気持ちになりかけていた比奈だったが、なんとか押しとどめる。

やはりこのまま大鷲と結婚するしかないのだと自分に言い聞かせた。

四人での食事を終え、比奈は思いがけず真紘が運転する車の助手席に乗っていた。

電車で帰るつもりでいたが、真紘に送っていくと言われ、両親にもそうしなさいと後押しされたためだ。

外国産の黒い高級車はエンジン音も振動もほぼないため、車中はものすごく静か。先ほどお見合いを暴露されたため、なんともいえず気持ちが落ち着かない。

真紘の隣に本物の自分でいるという状況もそうさせるのだろう。あんな夜がなければ、単なる義妹として久しぶりの再会を素直に喜んでいただろうに。モモと比奈の狭間で心が大きく揺れる。

「本当に久しぶりだな」

「う、うん」

〝久しぶり〟をどことなく強調しているように聞こえ、ギクッとする。

(やっぱり気づいているの？　……違うよね？)

平静を装いつつ、隣の様子をこっそり窺う。

「あまりにも見違えたから、比奈だって一瞬わからなかった」

「そ、そうかな？」

モモに似ていると感じていないのを祈る以外にない。

「綺麗になった」

「あの頃はちょっと太っていたから」

当時と今とでは、比奈も違いには自信がある。メイクの腕を磨き綺麗になれるよう一生懸命努力しはじめたのは、真紘と会えなくなってからだから。

「当時もかわいかったけど」

「や、やだな、そんなことないから。ところで仕事のほうは？」

容姿の話からは遠ざかりたい。モモに通じる話題を避けたくて、必死に話題転換を図る。

「おかげさまで順調」

「そう、よかった。でもあまり無理はしないでね」

せっかく大好きな真紘とふたりでいるのに、当たり障りのない回答に徹する以外にない。

「仕事終わりによくプレジールのラウンジバーで飲んで気分転換してるから、心配ならいらない」

「そ、そうなんだ。ホテルのバーなんて素敵。私も行ってみたいな」

ふたりで飲んだバーを持ち出され、激しく動揺する。ハラハラし通しで、心拍数は限界近くまで跳ね上がっていく。

（どうしよう！　どうしてそんな話なんて。モモだって気づいてるの？　どうなの？　ああ、どうしよう……！）

今すぐこの車を降りたい衝動に駆られた比奈に、真紘はさらに衝撃的な言葉を投げかけた。

「いつまで正体を明かさずにいるつもりだ、モモ」

「――っ」

ダーツの矢が的のど真ん中に命中したみたいに、心臓を射貫かれた気がした。それも、ものすごい威力で。

（今〝モモ〟って言ったの？　聞き違い？　……じゃないわよね）

頭が真っ白になり、血の気が引いていく。口を開いているのに声が喉の奥で詰まり、言葉はまるで出てこない。

激しく動揺する比奈と対照的に、真紘はすこぶる冷静に横目でチラッと比奈を見て続ける。

「どうしてあんな真似を？」

「な、なんのこと？」

〝モモ〟の名前を出したということは、真紘はほぼ確証を掴んでいる。そんな彼に対して、この期に及んでとぼけるなんてどうかしている。

でも比奈はそのくらい気が動転し、大きなショックを受けていた。

「はぐらかしても無駄だ。モモの正体ならとっくにわかってる」

「正体って――」

「比奈がモモだと最初から知っていた」

「さ、最初から!?　嘘でしょう!?」

思わず放った自分の言葉にハッとして口元を手で覆う。もはや誤魔化しはきかない。比奈が自らモモだと白状したも同然だった。

目を激しく泳がせるが、フロントガラス越しに流れる街の景色はひとつも視界に入らない。

（最初から私だと気づいていたなんて……）

愕然とした。うまく別人を演じていると思ったのに。

真紘が知っている当時の比奈とは、結びつけようのない変貌ぶりだったはずだし、彼もその演技に合わせていたではないか。

(それじゃ、どうして私を抱いたの?)

正体を暴かれた衝撃のあとに比奈を襲ったのは、どうにも理解できない疑問だった。

義妹だと知っていながら誘いに乗ったのはどうしてなのか。それも偽名を使って。

「大鷲という男と本気で結婚するつもりなのか」

車が赤信号で止まり、真紘の鋭い視線が飛んでくる。射るような目に耐えきれず、そっぽを向いた。

「……事務所には後継者が必要だから」

膝の上で拳を握りしめ、唇を噛みしめる。

誰でもいいというわけにはいかない。阿久津法律事務所を守れる人でないとダメなのだ。

それには弁護士として優秀なのはもちろん、経営手腕を存分に発揮できる人物がいい。大鷲は数多くのM&Aを成功させ、幅広い分野での経営知識も豊富だと聞く。だからこそ義父は、事務所を背負って立つ人間として大鷲を選んだのだ。

かといって比奈が妥協できる相手でないのが辛い。

大鷲は、比奈と真紘の関係を知り、脅すような真似をする男なのだ。爽やかな笑顔は仮面。その下にははかり知れない〝悪の顔〟を隠し持っている。

「悪いが、俺がそうはさせない」

顔を上げ、真紘をパッと見た。

鋭い眼差しにかすかに孕んだ熱っぽさが比奈をドキッとさせる。

「そうはさせないって……？」

意味がわからず聞き返す。

（私と大鷲さんとの結婚を止めたいの？　それとも大鷲さんを後継者とは認めないってこと？）

しかしいくら肇の息子とはいえ、法曹界とまったく関わりのない仕事をしている真紘には後継者問題の解決は図れないだろう。

「比奈は誰にも渡さない」

真紘は明瞭にそう言いきった。

信号が青になり、車がゆっくり発進する。

「……え？」

比奈は、なにを言われたのかわからなかった。――いや、声はよく聞こえたし、一言一句しっかり届いていた。

でも言葉の真意が理解できない。

（私を誰にも渡さないって、どういう意味？）

きょとんとした顔で真っすぐ前を見る彼の横顔を見つめる。

「ずっと比奈が好きだった。今も変わらず比奈が好きだ」

「ちょっ、ちょっと待って。真紘さん、なにを言ってるの？　酔っぱらってる？」

彼がお酒を口にしていないのは知っているが、疑わずにはいられない。そうでなければ悪い冗談だ。

「エイプリルフールでもないのに、そんなジョークはやめて」

四月一日は二カ月近くも前である。出遅れるのにも限度があるだろう。

「酒を飲んでいないのは比奈も知ってるだろ。冗談でもない。俺は正気だ。そうでなきゃ、比奈を抱いたりしない」

「だけど……！」

ますます頭の中がこんがらがってくる。

（真紘さんが私を好きだなんて、天変地異が起こってもありえない展開よ。もしかして夢でも見てるの？）

実家で楽しい夕食をとっているうちに、お腹がいっぱいになって寝入ってしまったとか。真紘も本当はあの場に現れていなくて、その場面から夢に切り替わっているのではないか。

（そうよ、きっとそうだわ。じゃないとありえないもの）

ところが頭から否定してもなお、胸の鼓動はやけにリアルに刻んでいる。夢なのに随分と感覚がはっきりしているものだ。

試しに太腿を抓（つね）ったら予想以上に痛みを感じて、思わず「うっ」と喉が詰まった。

「嘘でしょ……現実なの？」

比奈が信じられないのも無理はない。永遠に届くはずがないと諦めていた想いが、届こうとしているのだから。

どうやらこれは夢でも幻でもないようだ。抓った太腿がまだ痛い。

（真紘さんが私を好きでいてくれていたなんて……）

トクトクトクと早鐘を打ちはじめた鼓動がさらにスピードを上げていく。今すぐここで飛び上がって喜びたい衝動を抑えるのに必死になる。

なにしろ十七年もの長きにわたって燻っていた恋情なのだから。普通に考えたら成就しない恋だ。

「俺のマンションへ行こう。運転中にこれ以上込み入った話をするのは危険だ」

それきり真紘は口を噤んだ。

冷静に話せない気持ちは比奈にもよくわかる。今の自分がまさにそうだから。

真紘に好きだと言われて焦ると同時に、浮かれずにはいられない。

地に足がつかない感じと言ったらいいのか、ふわふわして夢見心地。比奈を好きだと言った真紘の言葉を何度も思い返して、幸せ気分に浸る。

（このまま天まで昇れそう。ううん、実際に心は完全に舞い上がっているわ。でも……）

有頂天になるいっぽうで、ふたりは義理の兄妹だという決して変えられない関係性が重くのしかかる。さらに事務所の後継ぎ問題も忘れてはならない。

真紘に好きだと言われたからと言って、喜んでばかりもいられないのだ。

（私、どうしたらいいの……？）

いきなり迎えた急展開に頭の中は混乱、心は大いに焦っていた。

そうしているうちに、車はモダンなガラスウォールが施された建物の地下に乗り入れた。ハイセンスな街並みに調和する、とても立派な低層マンションだ。ずらりと並ぶ高級車からも富裕層向けなのは一目瞭然である。

華麗なる経営者として脚光を浴びているため、ある程度はゴージャスな住まいを想像していたがそれ以上だ。

当然ながら彼の部屋に来るのは初めて。それどころか男性の部屋自体、訪れるのはお初だ。

車を降り、地下駐車場からエレベーターでいったんエントランスロビーに出た。

神殿さながらの大理石の太い柱が何本も立つ三階層の吹き抜けに、絶えず水の流れるアクアウォールが涼しさを演出している。

ホテルのフロントを思わせるカウンターには黒いスーツに身を包んだコンシェルジュが男女それぞれ一名ずつおり、真紘に「おかえりなさいませ」と恭しく頭を下げた。

笑みとともに「ただいま」と返しつつ颯爽と歩く真紘を追いかける。比奈も急いでペコッと頭を下げると、ふたりはにこやかな笑顔で再度お辞儀をしてよこした。

実家も立派な邸宅であり家政婦もいるが、それとは違う洗練された雰囲気が漂うのは高級ホテルのような佇まいのせいだろうか。コンシェルジュという響きも後押しするような気がする。

いくつかセキュリティを抜け、エレベーターで最上階の三階に到着。毛足の長い絨毯の上を歩き、いよいよ彼の部屋の玄関前にやって来た。

カードキーで開錠してドアが開かれる。

「入って」

「う、うん、お邪魔します……」

初めての真紘の部屋。そう考えるだけで心臓がうるさく音を立てはじめる。

もちろん実家で一緒に暮らしていたときに彼の部屋に入ったことはあるが、ひとり暮らしと実家暮らしとではわけが違う。

シックな木目調の壁と同系色のフロアが部屋の奥へと続き、奥行きを感じさせる。玄関に置かれた木の長椅子は、現代アートのような曲線が美しい。

靴を脱ぎ、出されたスリッパにそっと足を入れると、どこからともなく「ミャー」という鳴き声がした。

(え？　猫？)

幻聴かと思った直後、廊下の奥から美しい黒猫が壁に体を擦りつけながら、ゆったりとした足取りで歩いてきた。

「わ～っ！　猫ちゃん、飼ってたの!?」

そんな話は聞いていなかったため、感激した比奈の声が玄関ホールに響く。その場に膝をつき、猫に手を伸ばした。

「ああ、父さんたちにも話してなかったな。それにしても出迎えなんてなかなかしないくせに、今日はどういう風の吹き回しだ、レオ」

「〝レオ〟!?」

驚いて見上げると、真紘はふっと相好を崩した。

（レオって、真紘さんの偽名じゃない）

目を丸くした比奈のそばに真紘もしゃがみ込んだ。

「ああ。あの夜、比奈が〝モモ〟なんて名乗るから、コイツの名前を借りたんだ」

「ええっ、この子の名前だったの」

「ンミャ」

レオが真紘の足に頭突きをする。まるで〝勝手に使うな〟と抗議しているみたいだ。

「じつは私も猫の名前を借りたの」

「比奈も？」

目を見開く真紘に頷き返す。

まさか揃いも揃って飼い猫の名前を偽名に使っていたとは。

両親はもちろん比奈が猫を飼っているのは知っているし、ふたりともモモに会っているが、真紘にはそんな話は伝わっていなかったようだ。比奈ほど頻繁に連絡を取り合っていなかったらしい。

息子とはそんなものなのかもしれない。

　不意にレオがスンスンと鼻を鳴らして比奈に近づいてきた。

「レオ、初めまして」

　猫は警戒心が強いと勝手に思っていたが、レオは好奇心が旺盛みたいだ。モモは〝初めまして〟の人にはなかなか近づかない。

（――あっ、もしかしたらモモの匂いがするのかも）

　比奈は唐突に気づいた。人間より優れた嗅覚を持っている猫なら、比奈からモモの匂いを嗅ぎとったのではないか。

「モモの匂いがする？」

「ああ、そうなのかもしれないな。だから珍しく玄関まで出迎えにきたんだな」

　目の前に手を差し出すと、レオが比奈に鼻先をくっつける。クンクンと匂いを嗅いでからペロッと舐めた。ざらついた舌がくすぐったい。

　それで気が済んだのか、レオは長い尻尾を揺らしながら部屋の奥へ悠然と戻っていく。

「比奈もおいで」

　立ち上がった真紘を追って足を進めると、ドアの向こうに広いリビングが現れた。

　低い段差の階段を二段ほど下りたスペースに白いレザーソファが置かれ、真っ赤なクッションが美しいコントラストで魅せる。

「適当に座ってて。コーヒーでも淹れよう」

「ありがとう」

ソファに腰を下ろすと、比奈のすぐ隣にレオが飛び乗った。しなやかな体が美しい。

「レオってキミの名前だったのね」

そろりと手を伸ばし体をそっと撫でると、レオは比奈を一瞥してその場でゆったりと横になった。

「私も猫を飼ってるの。女の子なんだけど、今度会ってみる？　とってもかわいい子なの」

一生懸命話しかけるが、レオはまったく興味がないようで、毛づくろいに余念がない。

（モモと同じくらいの年？　ちょっと上かな）

そんなことを考えているうちに、真紘がトレーにカップをふたつ載せて現れる。香ばしいいい香りだ。

「砂糖とミルクは相変わらずたっぷりか？」

ソーサーにはスティックシュガーとミルクポーションがふたつずつ添えられている。

「相変わらずブラックは飲めません」

肩を竦めておどけた表情で返す。比奈はかなりの甘党だ。ブラックコーヒーはもってのほか。

真紘とまだ一緒に暮らしていた頃、受験勉強の眠気覚ましに彼が飲んでいたコーヒーをひと口もらって身震いした記憶がある。そのくらい苦かった。

「いつまでもお子様だな」

「やだな、もう二十五歳よ？　立派な大人です」

あのときも今のように『お子様だな』とからかわれたっけと思い出して、笑いが込み上げる。『比奈の飲んでいるのはコーヒーとは呼べない』とも言われた。コーヒー本来の味を全部打ち消していると。

「そうだな。それなら俺がよく知ってる」

一夜をともにしたときを指しているのだろう。真紘は意味深に言って比奈を横目で見つめた。おかげでレオによって緩和されていた緊張感に再び包み込まれる。真紘の目が熱っぽいのもいけない。

それを鎮めようとコーヒーを手に取って口をつけた。

「にがっ」

砂糖もミルクも入れ忘れたため、当然ながらブラック。慌ててカップを置き、真紘に笑われるという大人げない無様な姿を晒した。

〝モモ〟として彼の前に現れた、しっとりとした大人とは程遠い。でもこのままでは飲めないと、置かれたすべてをカップに注ぐ。

(あぁ、やっぱりコーヒーはこうでなくちゃ。甘さがほっとする～)

ひとり悦に入っていると、隣から強烈な視線が飛んできた。

「比奈」

「な、なぁに？」

ドキッとしたのを必死に隠し、平気ぶって返す。

「どうして俺の前にモモとして現れた？」

いきなり核心を突かれ動揺せずにはいられない。泳いだ目が宙を彷徨う。

その視線を捕まえるように真紘が比奈の視界に入り込んだ。

「俺は好きだから比奈を抱いた」

つい先ほど同じ言葉を聞いたばかりなのに、その威力は半端ない。胸を貫かれて鼓動のリズムが狂う。

（でも真紘さんがはっきり言ってくれてるんだもの）

義兄妹である変えようのない事実と、後継者と結婚しなければならない現実とはべつに、自分の気持ちははぐらかすわけにはいかない。

「お見合い結婚する前に真紘さんに抱いてもらいたかったの」

「どうして」

もっと明確な理由をよこせと、その目が言っている。きっとすでにわかっているだろうが、比奈の口から聞きたいに違いない。

「真紘さんが好きだから。初めては真紘さんにもらってほしかった」

絶対に伝えられないと心に秘めてきた。その想いは封印して、父の決めた人と結婚するのだと諦めていた。

それを今、初めて真紘に伝えられた喜びが胸の奥から湧き上がってくる。

「真紘さんが好き。ずっと好きだったの」

ひとたび零れた想いは、もう止められない。あとからあとから溢れ、彼にもっと伝えたいと暴れ出す。

「真紘さんが――」

もう一度口にしようとした瞬間、彼に抱きすくめられた。瞬間ふわりと彼の匂いに包まれる。あの夜が蘇り、胸が熱い。

「比奈」

切なさを滲ませた甘い声が耳をくすぐる。

比奈をそっと離した彼の熱っぽい眼差しにキスを予感した。

目を閉じると同時に唇が重なる。やわらかさをたしかめるように、あの夜をなぞるようにゆっくり優しく啄む。

〝レオ〟と〝モモ〟じゃない。真紘と比奈で触れ合っている事実だけで心が震えた。

「比奈は誰にもやらない。俺だけのものだ」

それがその場しのぎの言葉だっていい。義妹でも、比奈でも受け入れてもらえただけでいい。

――この先どうなろうとも。

今にも彼の舌が唇を割って入りそうなそのとき、比奈の体がふわりと浮く。彼に抱き上げられたのだ。

「比奈が欲しい」

耳元で囁かれれば、断る理由は比奈にない。

「抱いて」

そう返して彼の首にしがみついた。

比奈を軽々と抱きかかえた真紘が、寝室へ連れ去る。ブラウンを基調としたモダンな部屋は、ダウンライトが優しい空間をつくり出している。

比奈は、清潔感のあるオフホワイトのファブリックを使ったベッドにそっと下ろされた。

「なぜ名前を偽った？」

顔の両脇で比奈の手を拘束した真紘が見下ろす。問う声も目も果てしなく甘いから、なんでも素直に打ち明けられる気がした。

「義妹じゃ抱いてくれないと思ったから」

「そうだな。比奈としてあそこに現れたら、あんな展開にはなってなかった」

「だけど私だとわかっててどうして？」

最初から正体を知っていたのなら、なぜ義妹の誘いに乗ったのか。好意を抱いていたとしても理性が働くのではないか。

「最初は比奈の〝ごっこ遊び〟に付き合っただけだった」

「ごっこ遊び？」

「幼い頃、よく一緒にやっただろう？　お医者さんごっこやおままごとを。その延長だと思ってた」

そういえば、と思い出す。医者になりきり、おもちゃの聴診器で患者役の真紘を診察したものだ。

真紘が用意してくれた白衣を着る徹底ぶりだった。

「だけどいつまで待っても正体を明かさないだろう？　しかも別人に成りすましたままホテルの部屋についてきた。そうなれば理性のバリアなんて呆気ないものだ。このチャンスを逃すものかとね。だから……」

握っていた手に力が込められる。

「比奈は俺のモノだ。誰にも渡さない」

独占欲全開の言葉に胸の高鳴りが止まらない。

想いを通わせ合ったとはいえ、ふたりの未来が明るいものになったわけではない。兄と妹の恋路に待ち受ける試練は、厳しいものになるに違いないから。

それでも真紘に気持ちが届いた喜びは、なにものにも代えがたい。

「私も真紘さん以外はイヤ」

彼のほかには考えられない。

比奈が懇願した途端、唇が塞がれる。すぐさま割って入った舌が比奈のそれを捕らえた。

心の奥底にずっと秘めてきた想いごと、舌が強く吸われる。そうされることで堰き止めていた気持ちが決壊するのを感じた。

カットソーの中に忍び込んだ彼の手が無遠慮に素肌の上を滑る。性急に感じる手つきが比奈の体に火をつけ、熱いものがほとばしるのを止められない。

「やっ……あぁん……っ」

ブラジャーごと着ているものをまくり上げられ、露わになった胸を口に含まれた。

やわらかな尖端はぬらりとした舌でしごかれ、またたく間に硬さを増していく。体に走る甘い痺れが比奈の背中を反らせ、足は宙を掻く。

しかし真紘はそれではまだ足りないと、指の腹と舌先で交互になぶり、比奈の愉悦を上乗せしてくる。そうしているうちに体の中心がじくじくと疼き、べつの刺激を欲して自然と腰が動いてしまう。

「真紘さ……おねが……っ」

「こっちだけじゃ物足らなくなったみたいだな」

自分の濡れた唇を親指で拭う、意味ありげな真紘の眼差しにドキッとする。

真紘はスカートをたくし上げ、ショーツを呆気なく脱がせたかと思えば、比奈の片方の足をベッドに投げ出させた。

開脚によりもっとも秘めた部分が露わになり、恥ずかしさで咄嗟に手を伸ばす。しかしすぐさま真紘に阻止され、さらに大きく開かれてしまった。

「は、恥ずかしいっ」

「なにを今さら」

「だって明るいし」

寝室についてきたレオもすぐ近くにいる。毛づくろいをはじめたが、比奈たちの行為にいつ気づいてもおかしくない。

「そんなこと気にしていられなくしてやる」

抵抗がかえって彼に火をつけてしまったみたいだ。真紘は比奈の訴えをあっさり退け、彼の前に晒され、濡れて艶めいた部分に顔を近づけた。

鼠径部に彼の髪が触れてくすぐったさを感じた次の瞬間、甘い芳香を放つ泉に肉厚の舌があてがわれた。

「ああんっ！」

それまでとは違う刺激が、比奈の腰を弾ませる。思わず内股に力が入り、閉じかけた足は真紘の腕にがっちり抑え込まれた。与えられる快楽を受け流そうにも逃げ場はない。

小さく身を潜めていた花芽は舌で転がされて膨れ上がり、蜜を称える泉に遠慮なく侵入を果たした指が比奈の弱点を的確に攻め立てる。

「いやっ、そこダメぇ〜っ」

真紘から与えられる甘美な刺激に、従順に反応する体。一本から二本に増えた指に蜜窟を掻き回され、思考が白んでいく。

「ダメって言う割に腰が動いてるけど？」

「だって真紘さんがっ」

「俺がなに？」

「いいところばっかり攻めるからぁ」

クスッと笑った真紘の息がかかった薄い茂みまで、気持ちよさを鋭敏に感じ取る。これも初めての夜に真紘が言っていた、連想性感帯なのだろうか。

そんなことを考える余裕は、すぐに塵となり消えていく。というのも、真紘がぷっくりと充血した蕾を、硬くすぼませた舌先で激しくしごきはじめたせいだ。

抽送を速めた指は下腹部をぐいぐいと押し、比奈の快楽の度合いを否応なく高めていく。

「あっ、もうほんとに……ぁんっ、や、待って……あ、あっ、あああぁ～～～！」

投げ出していた足は突っ張り、腰がビクンビクンと跳ねる。胸を上下させるほど荒くなった呼吸を、真紘が手加減なしに奪いにきた。

「んんっ」

唇を貪り、舌を絡める。口腔内すべてを舐め尽くしてからキスを解き、額をコツンと合わせる。

「あぁ、かわいくてたまらない。もっと淫らな姿を見せてくれ」

比奈同様に息を荒らげるのは興奮の証か。真紘をそうさせられた喜びが、体をさらに熱くする。

真紘は比奈の体を反転させ、四つん這いにさせた。

野性的な体勢は濫りがわしいが、恥ずかしさを越えて比奈を高ぶらせる。下腹部にまだ居座るふしだらな疼きを早く鎮めてほしくて、彼に向かってお尻を突き出した。

(私、こんなにいやらしかったの？　でも、真紘さんにだけだから)

モモではなく、比奈として彼に愛される幸せが、比奈を大胆にさせていた。

それに応えるように着ているものを荒っぽく脱ぎ捨てた真紘が、その中心でそそり立つ高ぶりを比奈の泥濘に突き立てる。十分に潤ったそこは、彼をたやすく飲み込んでいく。

最奥に到達した瞬間、なんとも形容しがたい甘い痺れが比奈の下腹部から全身に広がった。

「ハァ……っ」

真紘の剛直が比奈の中で質量を増していくのをまざまざと感じる。

「真紘さんの、どんどん大きくなってく……」

「比奈の中が気持ちよすぎるせいだ。痛くないか？」

首を横に振って答える。

痛みどころか、比奈も真紘と同じだ。入れられているだけで気持ちが良すぎて、頭がくらくらしてしまう。

比奈の答えを聞き、真紘がゆっくりと動き出す。ぬちゃぬちゃという音がいやらしさを増幅させ、興奮度合いを高めていく。

もちろんそれだけでなく、真紘から与えられる刺激が比奈を陶酔の世界へと急速に誘う。次第にスピードが速まる律動に合わせ、弾む胸は毬のよう。

「あぁ……ハァ、ま、ひろさ……」

腰をくねらせ、声は切れ切れになる。

「もっと〝真紘〟と呼べ」

「……真紘さん」

「比奈、もっとだ」

「真紘さんっ」

あの夜には絶対に呼べなかった名前だからこそ、愛しさで溢れかえる。その愛で窒息するなら本望だ。

本来の姿で愛し、愛され、果てのない欲望に溺れていく。それは、刹那的な想いで抱かれたモモのときには決して得られなかったもの。その波に飲まれ、真紘を全身で感じ尽くす。

ふと感じた視線に顔を向けると、レオが目を丸くして比奈たちを見ていた。

動物の本能で、ふたりがなにをしているのか気づいているのかいないのか。情事を覗かれ、羞恥心を煽られる。

「レオがっ……見てて恥ずか、し……」

ものすごい痴態を晒しているため、人の目じゃないのにどうにも気まずい。

「ほんとだな」

真紘がふっと笑う。彼は恥ずかしくもなんともないみたいだ。

「見せつけてやればいい」

「見せつけるって……ぁんっ、も、ダメ……私、イッちゃうっ」

レオの視線はともかく、幸せは感度を高めるものだと痛感した。彼と繋がって間もないのに、限界がすぐにやって来る。

「俺も一度出したい。一緒にイクぞ」

真紘の腰つきが速まっていく。いやらしい水音と肌同士がぶつかり合う乾いた音が、寝室に響き渡る。その数十秒後、ともに高まったふたりは嬌声を上げて同時に果てた。

＊＊＊＊＊

翌朝、真紘が目覚めたとき、閉じられたカーテンの隙間から白い光が射し込んでいた。

梅雨真っ只中だが、窓の向こうは明るい空が広がっているのだろう。

腕の中で寝息を立てる比奈の額にかかった髪を整え、そこに唇を押し当てる。

昨夜は求めるままに体を貪り合い、何度も愛を囁き合った。シャワーを浴びる時間すら惜しくて、バスルームでも淫らに交わった。

比奈の名前を呼びながら繋がり、ともに果てる以上の幸せがどこにあるだろう。この世のどこを探しても絶対にない。

「比奈」

耳元で囁き、やわらかな唇にキスを落とす。

瞼がぴくっと動いたが、規則正しい寝息のまま。どことなく微笑んでいるようにも見える寝顔がかわいらしく、思い余って強く抱きしめそうになるのを必死に堪えた。

レオとモモではなく、真紘と比奈で想いを遂げ合ったふたりには、このあと課題が山積している。事務所の後継者問題や結婚に乗り気になっているであろう大鷲の存在はもちろん、両親の説得がある。

だが、ふたりが一緒にいる未来を勝ち取るために、真紘は全力でぶつかるだけだ。

「……ん」

ふと、比奈からくぐもった声が漏れた。覚醒しはじめたか。

そっと髪を撫で、頬にキスを落とすと、比奈が瞼を大儀そうに開ける。しばらく焦点を彷徨わせていたが、真紘だと気づいてかっと目を見開いた。

「真紘さんっ……！」

夢と現の狭間を漂っていた意識が、唐突に戻ってきた感じだ。

「おはよう」

「お、おはよう」

ぎこちなく目を逸らして真紘の胸に赤く染まった顔を埋める。

（ああ……なんてかわいいんだ。昨夜はあんなに大胆に乱れた姿を見せたくせに）

その初心すぎる反応にギャップを感じて悶絶モノである。

朝を迎え、比奈を手に入れたのだとしみじみ実感して胸が熱い。

「私、コーヒーでも淹れようかな」

真紘に抱かれた照れくささのせいか、比奈が腕をすり抜けて起き上がる。猫のようにしなやかな動きでベッドを下り立った。

コンシェルジュに着替えを届けてもらうよう手配しているが、今着ているのは真紘のTシャツ一枚。大きめのそれを着た比奈の姿に心臓を撃ち抜かれた気がした。

ある意味、ご褒美だ。十年もの間、想いを秘め我慢し続けていた真紘への褒賞といっていい。

しかもTシャツの下は下着もつけていない。ツンと尖った胸がTシャツ越しにその存在を知らしめる。

思わず彼女の手を取り、ベッドに引き戻した。

「きゃっ」

倒れ込んできた比奈を抱き留める。

「コーヒー飲みたくないの？」

「それよりもっと欲しいものがある」

なにかは言うまでもない。比奈の唇に自分のそれを重ねた。

軽く啄んでキスを解く。

「もうっ、真紘さん、ふざけないで」

比奈は頬を軽く膨らませ口を尖らせた。そんな表情さえ愛しく感じるほど真紘は彼女に夢中である。いや、どんな顔だろうと声だろうと、比奈のすべてが真紘を虜にする。

「ふざけてない。いつだって俺が欲しいのは比奈だ」

心も体も手に入れたというのに、まだ足りない。これまで飢えていた反動で、比奈を貪欲に求めるのだろう。

「そういえば聞きそびれていたけど、真紘さんはどうして最初から私に気づいたの？　最後に会ったときは私、ぽっちゃりしていたでしょう？」

比奈は、真紘の腕の中でもぞもぞと体勢を整えて見上げた。

たしかにいきなり現在の姿で目の前に現れれば、さすがの真紘でも気づくのは遅れたかもしれない。すっかり大人の女性に変貌を遂げた彼女の美しさに目を奪われ、それが比奈だと気づかず、比奈以外の女性に心を揺らした自分に憤りを感じただろう。

真紘はベッドボードに置いていたスマートフォンに手を伸ばした。

メッセージアプリを開いて、義母・美紀とのトークルームを表示し、比奈に手渡す。

「見てもいいの？」

「ああ」

真紘に確認してから指で画面をスクロールした比奈は——。

「えっ、なにこれ……」

驚いた様子で目を丸くした。

「えっ、えっ……全部私なんだけど」

続々と出てくる比奈の写真は、真紘が家を出てから現在に至るまでのものだ。忘れていたと言っていた母から察するに、お見合いの日に着飾った比奈の写真も真紘に送るつもりだったのだろう。

「だからすぐに私だと気づいたの？」

「まぁこんな写真がなくても俺なら気づいたけど」

「それはそれで落ち込むかも」

なぜか不満のようだ。眼差しがいじけている。

「そこは喜ぶところだろ」

どれだけ経とうが、どんな姿になろうが、気づいてもらえたと嬉しいものではないのか。

「だって十年も経って変わらないなんて、女としてはショックだもの。それに真紘さんと最後に会ったのは中学三年生だったでしょう？　当時の印象のままじゃなくて、綺麗になって驚かせたかったな」

だがおそらく気づかなければ、それはそれでショックを受けるだろう。どっちが正解とは言えないかもしれない。女心とは難しいものだとつくづく思う。

比奈は「はぁ」と深いため息を漏らし、かっがりしたように眉尻を下げた。

「これじゃ私がいくら大人の女を目指して着飾ってもバレちゃうよね」

「たしかに比奈だとすぐに気づいたが、写真以上に綺麗だったからすっかり胸を撃ち抜かれたよ。バーにいた男性客たちに見せるのが惜しいくらいだった」

「リップサービスはしなくていいから」

比奈が真紘の腕を軽く叩く。全然信じていないみたいだ。

比奈は自分がどれだけ美しいか気づいていないのだろう。あの夜まで誰のモノにもなっていなかったのは奇跡と言える。

(俺の欲目だという意見があるなら、ばっさり切り捨ててやる。ムキになりすぎだって？　そのくらい比奈にゾッコンってわけだ。……〝ゾッコン〟って死語もいいところだろ。そんな言葉を口にしたら、比奈に冷めた目で見られるだけだけだ)

頭の中でひとりノリツッコミをしている隙に腕をすり抜けようとした比奈を急いで捕まえる。どことなく彼女の笑顔が翳(かげ)ったように見えた。

おそらく結婚話や後継者問題、さらには一線を越えた義兄妹として今後どうすべきなのか気がかりなのだろう。

「いろいろな問題なら比奈は心配しなくていい。考えがあるから俺に任せておけ」

そもそも真紘が法曹界から身を引いたのが原因だ。そのせいで比奈がひとりで抱え込むような事態になってしまった。

比奈が一瞬目を見開いたのは、まさにそれを思い悩んでいたからだろう。

「……うん、ありがとう。でも大鷲さんの件は私がなんとかする」

「どうして」

「真紘さんとのことを諦めていた弱い自分と決別するの。私の行動が招いた結果だから、最後まで責任を持ちたい」

比奈の優しい目に力が込められる。固い信念を感じる眼差しだった。

自分はもう守られるだけの、か弱いだけの少女ではないと主張しているようだ。

「わかった」

比奈がそこまで言うのなら、真紘が前面に出るわけにはいかない。だからと言って完全に任せきりにするわけではなく、陰で動くつもりではあるが。

「ただし、なにかあったらすぐに言ってくれ」

「わかった。ありがとう、真紘さん」

やわらかく笑った比奈の唇に自分の唇を重ねる。軽く食むようにして、キスを解いた。

「コーヒー、飲むでしょう？」

ねた。

「いや、まだいい」

「だけど私そろそろ帰らないと。モモが寂しがってるから」

ここで一夜を明かすのは予定外だったため、モモが気になるのだろう。

「俺とモモとどっちが大事なんだ」

ペットを飼っている人間の気持ちはよくわかっているのに、うっかり不甲斐ない言葉で駄々を捏ねた。

比奈の目がみるみる糸のように細くなっていく。

「冗談だ。真に受けるな」

彼女の頭をくしゃりと撫で、慌てて大人の余裕を見せつけた。

「だが時間がないなら、コーヒーより比奈がいい」

ふたりでモーニングコーヒーを飲むのも捨てがたいが、比奈の素肌に触れたい欲が勝る。Tシャツの中に手を忍ばせ、やわらかな膨らみを包み込んだ。

「ちょっ、真紘さん！」

「すぐに終わらせるから」

「やっ、ぁん……っ」

尖端を指で転がすと、比奈は即座に反応。鼻から抜けるような甘い声を聞き、真紘の体の中心部が疼く。すぐにビンッと硬くなるのがわかった。

真紘にとって比奈は媚薬。存在そのものが真紘を熱く滾らせる。母から定期的に送られてくる比奈の写真を見て、何度自慰に耽ったか。それこそ記憶に留めておけないほどの回数だ。自分でも異常だと思うほど比奈に首ったけ。彼女以外はいらないのだ。

モモではなく比奈を手に入れた今、これまで以上の執着が真紘を煽る。彼女の体を反転させて丸いヒップラインを伝わせた熱い塊を、ぬかるんだ泉に突き立てた。

心を強く持って

両親の結婚記念日を祝い、真紘のマンションで一夜を過ごした翌週の月曜日。

想いが届く奇跡的な展開が比奈の心を躍らせるいっぽうで、真紘に想いが届いたからこそ、問題はさらに大きなものになっていた。

(浮かれてばかりもいられないわ。大鷲さんにきちんと話さないと)

大鷲との結婚話を反故にすれば、事務所の後継者問題もスタート地点に戻ってしまう。両親を安心させるために大鷲との結婚を決断したわけだが、真紘と想いを通わせ合った今、大鷲のもとに嫁ぐなんて比奈にはできない。

(身勝手かもしれないけど、真紘さん以外の人はイヤ)

今回の結婚は見送りたいと彼に伝えなければ、話は進まない。事務所や比奈たちの未来など、そのほかの問題を考えるのはそれからだ。

真紘という心強い味方を得たおかげで、沈みがちだった気持ちはだいぶ上向いている。お昼休みを休憩室でとった比奈は、総務部に戻る途中でタイミングよく大鷲を見かけた。

両親に話す前に、大鷲に自分から話したい。それは、自分の言動に責任を持つためであり、真紘にも、それができるまでは両親に自分たちのことを話さないでほしいと伝えていた。

「よし、行ってこよう」

頬をペチペチと叩いて自分を奮い立たせ、彼の背中を追う。

「大鷲さん」

比奈の声に足を止めた大鷲が振り返る。一緒に歩いていた弁護士の同僚に先に戻るよう伝え、笑みを向けた。

「比奈さんから声をかけてもらえるとは光栄ですね」

にこやかな表情に見せかけて、上辺だけなのは比奈でもわかる。目は笑っていないからだ。

「お話があるのでちょっとよろしいですか」

そう言いつつ、近くのミーティングルームのドアを指差す。サインプレートが〝空室〟となっており、そこに彼を引き入れた。

「比奈さん直々になんの話でしょうか。そういえば一緒に食事をしようと提案したまま約束がまだでしたね」

大鷲はポケットから取り出したスマートフォンのスケジュールアプリを開いた。

「いえ、お食事の話ではありません」

「では、なんでしょうか」

手を止め、彼が比奈を見る。まだなんの話をされるのか気づいていない、余裕の表情だ。

「私、大鷲さんとは結婚できません」

毅然とした態度できっぱり言いきった。

大鷲は一瞬口をぽかんと開いたが、すぐに引きしめる。眼差しは急に鋭さを帯びた。

「すみません、なにを言ってるのかわかりませんが？」

丁寧に問いかけているが、声色は冷ややかだ。

「大鷲さんとの結婚は白紙にさせてください。お見合いではせっかくお時間を取っていただいたのに申し訳ありません」

下げた頭を戻した比奈に、大鷲の刺すような視線が浴びせられる。

「所長にお義兄さんとのことが知られても？」

挑発するように言われるが、もちろんそれも覚悟の上だ。血の繋がりがないとはいえ、連れ子同士の恋路を両親がどう感じるか、考えると正直怖い。

つい結婚の二文字が浮かび、この先もずっと彼と一緒にいられる夢を見てしまうけれど、果たしてそんな未来はあるのか。法的な問題はどうなのかも不明確ではある。

でも恐れていてはなにもはじまらない。結婚だけが幸せの形ではないはずだ。

「義父にはきちんと話します」

不安を心の奥に押し込め、真っ向から意気込む。唇を噛みしめ、大鷲をじっと見据えた。

真紘に正体がバレると考えたとき以上の恐怖はないのだから大丈夫。逸らしたら負けだと目に力を込めていると、先に音を上げたのは大鷲のほうだった。とはいえ負けを認めたわけではなく、呆れたように鼻を鳴らして目線を外した。

「所長がどういう反応をするか見物ですね」

絶対に認めないだろうという自信でもあるのか、大鷲が片方の口角をつり上げて不敵に微笑む。比奈を横目に見ながらミーティングルームを出ていった。

その背中を見送り、比奈は無意識に止めていた息を静かに吐き出す。

「結婚できないと言えただけでも前進よね」

このまま諦めて大鷲と結婚するつもりだったのだから、解決の糸口にはなったはずだ。

次は両親に真紘を好きだと打ち明けなければならない。そこが一番の難関である。

大鷲と対峙したときのように緊張感に包まれていると、スカートのポケットに入れていたスマートフォンが短い振動を伝えてきた。

取り出して確認すると、メッセージの受信を知らせるものだった。

(琴莉からだ。あっ、そういえば……！)

真紘のマンションで朝を迎えた話もまだしていないと思い出す。当然ながら正体がバレていたのも報告していない。あのあと、考えることがいろいろありすぎて、つい先延ばしにしてしまっていた。

【今夜、ご飯食べに行かない？】

届いたメッセージに即座にスタンプで答える。もちろん〝オッケー〟の意だ。

待ち合わせ場所と時間を素早く相談してから仕事に戻った。


その夜、比奈は琴莉とふたりでたまに行くイタリアンレストランへ向かった。

真紘には、大鷲と話した内容を仕事が終わってすぐに電話で報告してある。全然怯まない大鷲の態度は想定内だったのか、真紘は驚く様子もなかった。

白を基調に青と黄色を使ったマリンテイストのおしゃれな店内は、リゾートホテルにいるかのように錯覚させる。天井の高いメインダイニングや、プールも備えたテラス席は開放感が抜群だ。

「比奈、こっちこっち」

店内に入ってすぐ、先に到着していた琴莉が比奈に気づいて手を上げる。梅雨時の不安定な空模様でなければテラス席でもよかったが、今夜は窓際のテーブルだ。

「お待たせ」

「私もちょっと前に着いたところだよ。さーて、なに食べようか」

比奈が向かいの席に腰を下ろすなり、琴莉がメニューを開く。

「月曜日限定のこちらがお勧めです」

スタッフが手で指し示したのはドリンクが飲み放題のコース料理だった。デザートまでついて三五〇〇円はたしかにお得である。

「じゃあ、それにしようか」

目を輝かせる琴莉に頷いた。

ほどなくして運ばれてきたスパークリングワインでひとまず乾杯する。

「あれからどうしてた？　真紘さんとはあの夜きり会ってないの？」

「あ、えっと……」

琴莉にはもう二度と会わないと宣言したくせに、ちゃっかり二度もモモとして彼に抱かれた後ろめたさで言葉に詰まる。

「もしかしてまだ会ってる？　まぁそうよね。今までずっと好きだったんだもん。割りきれなくて当然」

琴莉は、長い片想いを拗らせて別人として真紘に抱かれた比奈に同情的だ。そのうえべつの男と事務所のために結婚を決意したと今も思っているから。

でも琴莉に黙ったままでいるわけにはいかない。

「じつは真紘さん、私が比奈だって最初から気づいていたみたいなの」

「ええっ!?」

琴莉が目も口も真ん丸に開く。

「最初から？　なにそれじゃ、比奈だと知ったうえで抱いたってこと？」

興奮して声を荒らげる琴莉に向かい、唇に〝しー〟と人差し指をあてた。〝抱いた〟のフレーズで店内の視線を一気に浴びたようで気が気でない。

それでも琴莉は冷静にはなれないらしく、「嘘でしょー！」と声のトーンをさらに上げた。

「なにがどうしてそうなったの？　真紘さんに言われたの？　それじゃ結婚はどうするの？」

落ち着いていられないのだろう、琴莉が次々に質問をぶつけてくる。

「この前、両親の結婚記念日をお祝いする食事会があったんだけど、そこに真紘さんも来て……」

比奈はその夜の出来事をぽつぽつと話しはじめた。

その間に運ばれてきた前菜のカニとアボカドのブルスケッタにも手をつけないほど、琴莉が比奈の話に聞き入る。それでも喉は渇くようで、スパークリングワインを飲み干しジンライムに切り替えた。

「私の知らないうちに、そんな展開になっていたとはねー。びっくりしたわ」

大鷲に結婚の白紙を申し出たところまでを話し終えると、琴莉は首を横に振りながら椅子に背中を預けた。

「だけどその大鷲さんって人、かなりの曲者ね。阿久津法律事務所のトップの座が欲しくて比奈との結婚を望んでるんでしょう？　好きだからっていう理由より厄介な気がする」

「好きより厄介？」

どういう意味だろう。

琴莉は比奈の質問に頷き、ジンライムで喉を潤して続けた。

「もし仮に、比奈に好意を持っているなら好きな相手の幸せを望む気持ちは少なからずあるだろうから、比奈の想いを遂げさせてあげたいって考えるかもしれないじゃない？　もちろん、それを拗らせて余計に執着する場合もあるだろうけどね。でも彼の場合は欲しいものが事務所」

「私はそのための駒みたいなものだから――」

「簡単には屈しない」

比奈の言葉を琴莉が繋げた。

比奈を手に入れるのが目的ではなく、欲しいのはあくまでも事務所だから、愛のもとにある情には絆されない。

厳しい状況に立たされているのを改めて感じ、不安に煽られる。

「そんな難しい顔しないの」

琴莉に指摘されて眉間に寄った皺に気づいた。

真紘との愛を貫くのは険しい道だとわかっていたのだから、今さら恐れても仕方がない。表情を和らげて微笑み返す。

「そうだね」

「諦めていた恋が実ったんだから、あとはもうふたりでがんばるしかないでしょ」

「うん」

本当にその通りだ。大鷲になにをされようが、毅然と立ち向かう以外にない。

「それじゃ、比奈の前途を祝して」

「カンパーイ！」

手に取ったグラスを琴莉と揃って高く上げた。

＊＊＊＊

比奈と念願の一夜を過ごした翌週の月曜日、仕事を終えた真紘は実家に向かって車を走らせていた。比奈から大鷲と話したと報告があった直後、肇に話があるから時間を作ってほしいと連絡を入れていたが、つい先ほど肇から『すぐに実家に来るように』と電話があったのだ。

肇の強張った声から、もしや――と嫌な予感がした。

自分が大鷲に話すまで両親には話さないでほしいと比奈から強くお願いされていたため、彼女からの連絡を待っていたのだが、それが仇となったか。大鷲に先を越されたのかもしれない。

ほんのわずかなタイミングの差に、真紘は苛立ちを覚えていた。

実家の敷地内に車を止め、運転席から降り立つ。

家政婦も帰宅した時間のため、義母・美紀に出迎えられ、肇の待つリビングへ通される。柄にもなく緊張しつつ、肇と向かい合ってソファに腰を下ろした。

肇は腕を組み、眉根を寄せた険しい表情で真紘を見据えるが、それも想定の範囲内だ。連れ子同士が恋愛関係に発展するなど言語道断といったところか。

「私がなぜ真紘を呼び出したかわかるか」

声の調子も普段と違い、際立って低い。

「おおよその察しならついてる」

「比奈はお前の大事な妹だぞ。体の関係を強要するとはどういうつもりだ」

「……強要？」

想定外の追及に一瞬だけ思考が惑う。予想していたものより、ずっと鮮烈だ。

大鷲は肇に、真紘が比奈に性的暴行を働いたと吹き込んだのか。つくづく卑怯な男だ。

憤りを隠せない様子で、肇は低い呻き声で肯定した。

「父さんは、俺がそんな真似をしたと本気で思っているのか？」

前のめりになって聞き返す。強要などあるわけがない。

(俺はそんなに信用されていないのか)

信頼度の低さに思わず嘲笑した。

「そうであってほしくはないが、こんなものを見せられたうえ、大鷲くんからそう聞かされれば疑いたくもなるだろう」

そばに置いてあった封筒から写真を取り出し、肇がテーブルに並べる。

比奈とふたりで飲んでいる写真やホテルの部屋を出入りする姿など、一夜をともに過ごしたのがわかるものだ。

（これが例のやつか……）

しかし真紘は、比奈から写真の存在を聞いていたため動じなかった。

「どう説明をつける？」

「義妹である以前に、比奈は俺にとって大切な女性だ」

「なんだって？」

トレーにコーヒーカップを三つ載せてリビングに入ってきた美紀が、「まあ」と小さく声を上げる。

それぞれの前にカップを置き、肇の隣に座った。

どことなくうれしそうなのは気のせいか、はたまた許しを乞いたい真紘の錯覚か。

「比奈をひとりの女性として愛してる」

単刀直入に言いなおすと、肇はこれでもかとばかりに目を大きく見開き、そのままフリーズしてしまった。

「比奈を妹として見られなくなったから、俺はこの家を出た。そのまま生涯会わずにいようと決めていたが……」

結局、比奈を欲する気持ちに抗えなかった。

長年押し込めていた分、その反動は大きく、今も彼女に対する気持ちは成長を続けている。

「比奈も俺と同じ気持ちだ。お互いに義理の兄妹とは違う結びつきを望んでいる」

まだ一緒に暮らしていた頃、肇がたびたび言っていた言葉がある。

『本当の兄妹以上に仲が良くてなによりだ』

比奈の遊びに付き合ったり勉強を教えたり、なにかにつけて一緒にいるふたりを見て微笑ましそうに目尻に皺を刻んでいた。

当時はまさしく幼い義妹に対する庇護愛だったが、それが今のように形を変えるとは想像もしなかっただろう。肇が愕然とするのも無理はない。

「肇さん、大丈夫？　しっかりして」

「まさか、そんなことになっているとは……。私は、優秀な弁護士である大鷲くんなら事務所も比奈も任せられると思って今回の話を……」

美紀の声でようやく我に返った肇だが、それでもまだ狼狽しているようだ。なんとか平静を保とうと肩を上下させて呼吸する。

美紀の落ち着き払った様子とは対極だ。女性のほうがこういう局面では肝が据わっているのかもしれない。

しかし真紘は、〝大鷲は優秀な弁護士〟という肇の言い分に黙って耳を傾けているわけにはいかない。

「父さんに見せたいものがある」

真紘がブリーフケースからクリアファイルを取り出し、挟み込んでいた用紙をテーブルに広げる。

表紙には有名な調査会社の名前が記されている。

じつは以前から真紘は、比奈の周りの人間を調べさせていた。

そばにいられない代わりに、危険な人物が彼女に接近しないよう事前に情報を収集していたのだ。

真紘は、自分でも行きすぎた異常行動なのは百も承知していた。比奈のことになると正常な思考回路でいられなくなる。モモとして現れたあの夜、真紘自身まで別人を装ったのは、その最たるものである。

そのリサーチで前々から引っ掛かっていたのが大鷲博希だった。その男との縁談が進められていたと知り、真紘が焦ったのは言うまでもない。

「これは?」

書類を手に取り目を落とした肇は、それがすぐに大鷲に関するものだとわかり眉間に皺を刻んだ。

大鷲の過去の女性関係は筆舌に尽くしがたい。二股三股はあたり前、中絶させて捨てるなど、男として——いや人間としてあるまじき行為を繰り返してきた。

事務所内では爽やかな好青年として通っているようだが、外では蛮行に及んでいる。

両親の結婚記念日に大鷲の名前を聞いたとき、真紘は全身から血の気が引く思いがした。

さらに大鷲は、事務所の顧客データをよその事務所に売っていた。

それは、真紘の大学時代の友人である新平の『真紘の親父さんの事務所の弁護士が、うちの事務所の上層部と内密に接触をしてる』という情報がきっかけで知り得たものである。

真紘が極秘で進めた調査により判明したのだ。

大鷲が阿久津法律事務所の後継者になった暁には、その事務所と合併してさらに規模を大きくしようと目論んでいるらしい。当然ながら彼が所長となるべく動いているのも掴んだ。

「父さんは、そんな男でも比奈を任せられると思うのか」

手を震わせ、気色ばんだ様子で食い入るように書類を読み漁る肇に問いかける。

血の繋がりはないが、肇が比奈を心から愛しているのは真紘も知っている。その調査書を読めば、事務所はもちろん、彼女を大鷲のもとにやるなど我慢がならないはずだ。

「これは事実なんだな?」

「ああ。全部、嘘偽りのないものだ」

確認する肇に真紘はきっぱりと答えた。

答えを出したのか、肇の強い眼差しから決意が読み取れる。

「実の娘以上にかわいがってきた比奈を、こんな男にやれるわけがない」

あからさまに嫌悪感が滲んだ言い方だった。

「大鷲くんには私から話す」

信頼しきっていた部下に裏切られた悔しさもあるのだろう。肇は手に拳を握り、引き結んだ唇を噛みしめていた。

実家をあとにし、真紘が自宅マンションの駐車場に車を止めたそのとき、助手席に置いたブリーフケースの中からスマートフォンが鈍い振動を伝えてきた。

エンジンを停止させて取り出すと、副社長の平原からの電話だった。

通話をタップし耳にあてて応答する。

『社長、お疲れ様です。例のVRができたんですが一度ご確認いただけませんか？』

〝例の〟というのは、老舗デパートの店内に公立図書館を新設するプロジェクトである。

「今、自宅に着いたところなんだ」

『ああ……こんな時間ですからそうですよね』

平原が電話の向こうで時間を確認する様子が目に浮かぶ。今まで夢中になって仕事をしていたのだろう。

「こっちに来られるか？」

『大丈夫ですか？』

「そう言いつつ、今、ノートパソコンをシャットダウンしただろ」

『さすが社長、察しがいいですね。すぐに向かいます』

おどけた口調で返す平原との通話を終了し、真紘は車を降りた。

部屋に向かうエレベーターに乗りながら真紘の頭の中を占めるのは、平原のデザイン案件ではなく肇との会話である。肇の懸念が事務所の後継者問題なのは、先ほどの実家での会話でもひしひしと伝わってきた。

比奈がその点をなにより心配しているのもよくわかっている。

大鷲の悪行を知り、真紘と比奈の関係を知った今、肇はさらに頭を悩ませているだろう。

エレベーターを降り、部屋に帰り着いた。

車通勤の平原にコーヒーを準備しつつ、到着を待つ。およそ二十分後、インターフォンの画面ににこやかな笑顔の彼が映った。

「何度来ても社長の部屋はすごいですよねぇ」

スーツのジャケットを脱ぎながら、視線をあちこちに泳がせる。

「べつに普通だ」

「はいはい、普通じゃない人はたいていそう言うんですよね。あ、ありがとうございます」

真紘がホットコーヒーをテーブルに置くと、平原は軽く頭を下げながらソファに腰を下ろした。

「早速本題に入ろう」

「はい」

平原はブリーフケースからノートパソコンを取り出して資料を表示させ、向かいに座る真紘のほうに画面を見せた。

ゴーグルを装着してすぐ、完成したばかりのＶＲがスタートする。

デパート側から進んでいくと、ガラス製の壁で仕切られた図書館が現れた。

どちらかといえば閉塞されている印象が強い図書館だが、全面ガラス張りのおかげで開放感があり、視界が遠くまで見通せて爽快だ。市の木であるケヤキを使用した書棚やテーブル、椅子などには温かみがあり、ついそこに長居したくなる雰囲気がある。

利用者の中には、古びた本棚、痛いくらいに張り詰めた静寂といった図書館が昔から持つイメージを好む人もいるかもしれない。だがそれでは地域の活性化には繋がらない。

平原が創り上げようとしているものは、クライアントが目指していた〝地域に根差した新しいコミュニティの場〟という意図を汲んだものだ。

「社長、どうでしょうか」

黙りこくったままの真紘の反応が不安になったのだろう。平原は様子を窺うように顔を覗き込んできた。

「完成が楽しみだな」

「え？　それはいい出来だと思ってよろしいですか？」

さらに顔を近づけ、真紘の目を見る。お世辞でなく正直に言ってほしいと、真剣な眼差しだ。

「ああ。素晴らしい出来だ。有能な部下を持てて、俺はラッキーだ」

最上級の褒め言葉を彼に送る。

「それは光栄です」

平原に取られた手を強く握られたため、振り解こうと振り回す。

「おい、やめろっ。男同士のスキンシップはいらないから」

「そんな冷たいこと言わなくてもいいのでは？」

「いいから冷めないうちにコーヒーを飲め」

彼に強引にコーヒーを勧め、もう一度ＶＲを見なおしながら、真紘はある考えを固めつつあった。

ふたりが一緒にいる未来のために

琴莉と食事をしてマンションに帰り着くと、マナーモードにしていたスマートフォンに真紘からの着信が残されていた。

〝レオ〟から手渡されたナンバーでなく真紘自身からの連絡なのが、なんともいえず比奈を幸せな気持ちにさせる。ニコニコしながらその履歴を眺めていると、グッドタイミングで彼から着信が入った。

「もしもしっ、比奈です」

急いで応答をタップして耳にあてる。

『なんだ、なにかいいことでもあったのか』

真紘が、比奈の弾んだ声にすかさず気づく。顔を見ていないのに声の調子だけで察するなんてさすがだ。

「真紘さんから電話がきたからうれしくて」

そんなことを素直に言える関係性の変化にも心は躍る。気持ちを正直にぶつけられる喜びに勝るものはない。十年以上も胸の奥深くに秘め、決して外に出せずにいたからなおさらだ。

ところが浮かれているのは比奈だけらしい。真紘は電話の向こうで押し黙ってしまった。

それとも通話が切れたのか。

「真紘さん？」

比奈の呼びかけに、真紘が深く吐き出した息で応える。

ふたりの未来は安泰なものではないのに、はしゃぐのはまだ早いとため息が言っているみたいだ。

「ごめんなさい。ひとりでウキウキしたりなんかして」

子どもじみた言動を慌てて謝る。

『いや、そうじゃない』

「そうじゃない？」

『今すぐ比奈の顔が見たくなった。失敗したな。電話じゃなく、そっちに行けばよかった』

真紘の率直な言葉が比奈の鼓動を乱す。暗に会いたいと言われてうれしくてたまらない。

「……それなら、来る？」

喜びが爆発しそうになるのを必死に抑えて誘ったが――。

『そうしたいのはやまやまだが、今夜は控えておこう』

あっさり振られてしまった。

「そっか。そうだよね。もう時間も遅いし」

『比奈を抱きつぶすには時間が足りないからな』

「だ、抱きつぶすって……！」

『じっくり堪能できる日に改めるよ』

本気なのか、からかっているのか。真紘はクスッと笑って続けた。

『ついさっき、父さんにふたりの話をしてきた』

「お義父さん、どうだった？」

真紘が叱責されたのではないかとハラハラする。

『大鷲との縁談は取りやめにするそうだ』

「えっ、ほんとに？　私たちのことを認めてもらえたってこと？」

あまりにも呆気なくて、拍子抜けして声が上ずった。

『認めたかと言ったら微妙なところだが、まずは大鷲との結婚を止められたからヨシとしよう』

先走って喜ぶ比奈を真紘が冷静に制す。

(やっぱりそう簡単には受け入れてもらえないよね。でも大鷲さんとの縁談が流れただけでもよかった)

肇があっさり折れたように感じるのは、おそらく真紘が話してくれたおかげだろう。比奈だったら、きっとそうたやすくないはずだ。

「そうよね。真紘さん、ありがとう。でも私も自分の気持ちをお義父さんたちにきちんと伝えるね」

『そうだな。そのほうがいいだろう』

「わかった。明日、時間を作ってもらうね」

できるだけ早いほうがいい。大鷲との結婚は諦めてくれたが、かといって比奈たちの恋路に賛成しているわけではないだろうから。べつの相手を見繕わなければと考えているかもしれない。

真紘との電話を切り、履歴を辿り肇の名前をタップした。


翌日、比奈はパソコンに向かいながらも腕時計をチラチラ見ては時刻をたしかめていた。

うわの空で仕事をしているわけではないが、昼が近づくにつれて緊張が高まってくる。

(よし、行ってこよう)

腕時計の針がちょうど正午を指すと同時に立ち上がると——。

「比奈ちゃん、お昼一緒にどう？　お弁当持ってきた？　もしも持ってなかったら、たまには外に出ない？」

間髪容れずに美保子に声をかけられた。

「ごめんなさい。今日はちょっと約束があるんです」

昨夜、義父に電話をし、昼食のタイミングで時間を作ってもらっている。今夜、実家に行って話そうと考えていたが、懇意にしているクライアントとアポが入っていると言う。

できれば今日のうちに両親揃って話がしたいとお願いしたため、母も一緒の予定である。ちょっと強引かとも思ったが、真紘からすでに伝わっている以上、ぐずぐずしていられない。

昨夜は、いよいよ両親に自分から打ち明けるのかと思うとソワソワして、あまり眠れなかった。真紘の前にモモとして変身して現れたときと同じ緊張感だ。

「そっか。それじゃ、また次回ね」

美保子はすぐに笑顔で了承してくれた。

「はい、お願いします。もしかしたらお昼の時間をオーバーしてしまうかもしれないので、あとで外出届けを出しますね」

遅刻や早退はもちろん、所定の時間と違う勤務体系をとるときには上長から承認を得る決まりになっている。それさえ得られれば、比較的自由に出退勤できるのはありがたい。

「了解。いってらっしゃい」

後ろのキャビネットからバッグを取り出し、美保子に「いってきます」と応えてから総務部を出た。

ビルの外は薄曇り。雨が降るような重い雲ではないが、太陽が顔を覗かせていないせいか七月初旬なのに肌寒い。

肇に指定されたのは、職場から歩いて五分ほどの場所にある日本料理の店だった。完全予約制のうえ、週のうち半分も営業していない。

高層ビルの路地裏にひっそりと佇むその店は、まるで京都（きょうと）の祇園（ぎおん）を思わせる落ち着いた風情。暖簾も看板も出しておらず知る人ぞ知る隠れた名店らしいが、家族三人で何度か利用したことがある。

引き戸を開けてすぐ、鶯色の着物を着た女性スタッフが出迎えてくれた。

「阿久津様、いらっしゃいませ」

頻繁に訪れる客ではないのに、顔と名前を覚えているのは純粋にすごいなと思わされる。名店と呼ばれる所以は、料理の味だけではないのだろう。

「こんにちは。あの……」

「お部屋のほうでお待ちかねです」

両親は到着しているか聞こうとしたそばから、スタッフが比奈の言葉を察知して「こちらです」と個室に案内する。こぢんまりとした和室に両親は隣り合って座っていた。

「ああ、来た来た」

比奈の顔を見て、美紀が破顔する。

「お義父さん、お母さん、お待たせ。忙しいところ時間を取ってもらってごめんね」

「大事な娘との時間だ、忙しいなんて言っていられないだろう」

「肇さんったら、ほんと比奈には甘いんだから」

「そりゃそうさ。こんなにかわいい娘なんだから」

美紀に窘(たしな)められてもなんのその。肇はニコニコしながら比奈に向かいの席を勧めた。

昨夜の真紘の打ち明け話からの流れで、比奈がどういう用件でここへ来たのかわかっているはず。きっとふたりとも比奈をリラックスさせようとして、いつも以上に明るい雰囲気を作ってくれているに違いない。

「料理は先に選んでしまったぞ？」

「うん、ありがとう」

比奈の分のお茶を出してスタッフがいったん退室する。

どんな話をするか両親は気づいているのだから、あまり引っ張ってもったいぶりたくないし、比奈自身も緊張をいつまでも引きずりたくない。料理が出される前に話すのがベターだ。

正座したまま背筋をピンと伸ばす。軽く深呼吸をして口を開いた。

「あのね、お義父さん、お母さん、私――」

「比奈、すまなかった」

比奈の告白を遮って肇が唐突に頭を下げたため、目が点になる。

「……え？　どうしてお義父さんが謝るの？」

謝罪するなら比奈のほうだ。

「比奈に大鷲くんとの結婚を無理強いしてしまった」

「でもそれは事務所のためでもあるし」

「そもそもそこが間違っていたよ。比奈の厚意につけ込んで取り返しのつかないことをするところだった。比奈の気持ちも考えずに本当に悪かった」

「ごめんね、比奈」

もう一度頭を下げた肇に美紀も続く。

「やだ、ふたりとも頭を上げて！」

腰を浮かせて慌ててお願いする。比奈をここまで大切に育ててくれたふたりにそんな真似はさせたくない。

「真紘に聞いたよ。まさかふたりがそうだとは思いもせず、辛い想いをさせたね」

「黙っていてごめんなさい」

「言えなくて当然よ。お母さんこそ気づいてあげられなくてごめんね」

「お義父さんもお母さんも悪くないからほんとに謝らないで」

そうされると申し訳なくてたまらない。

（でも気持ちをわかってもらえたのはすごくうれしい。こんなふうに私たちの気持ちを受け入れてもらえるなんて思わなかったもの）

血は繋がっていなくても〝兄と妹がなにをしているんだ〟〝どういうつもりなの〟と責められても仕方がないだろうから。

「いつからだったの？」

「たぶん初めて会ったときから」

最初は面倒見がよくてカッコいい義兄への憧れだったように思うが、それは幼さゆえ。恋を知らない年頃だったたから。

紹介されたときには、恋心の種は確実にまかれていたように思う。それが少しずつ育ち、いつしかほかの誰でも替えがきかないほど強い想いになっていた。

モモに変身して真紘に抱かれるだけで済む気持ちではないと、心の奥底で本当は気づいていた。真紘以外ではダメなのだと。

「私、真紘さんが好きなの。だから、ほかの人とは結婚できません。ごめんなさい」

「いいのよ、もうわかったから」

肇も美紀も優しい笑みを浮かべて頷いた。それ以上深く追及しないのは、自分たちの子ども同士の恋愛だから気恥ずかしい部分でもあるのだろうか。それとも真紘から話を十分聞いているからなのか。

「だけど事務所のほうはどうしよう。後継者がいないと困るでしょう？」

「比奈は心配しなくていい。それは父さん自身がなんとかすべき問題だ。とにかく大鷲をなんとかしなくてはならない」

「大鷲さんをなんとかする？」

それまで彼を〝くん〟づけで呼んでいた肇が、忌々しいものでも扱うかのごとく呼び捨てにする。

眉間に深く刻まれた皺が険しい表情を作っていた。

腕を組み、低い唸り声を上げた肇が、ふっとその強張りを解く。

「いや、こっちの話だ。比奈はなにも心配しなくていいから、あとのことは義父さんに任せなさい」

肇がニッと笑って取り繕ったタイミングで先付が運ばれてきた。枝豆、車エビ、ウニを使った三色にこごりは、夏っぽく爽やかな色合いの上品な一品だ。

「まぁ綺麗ね」

「早速いただこう」

ふたりに倣い「いただきます」と手を合わせて箸を取った。

その後、続々と運ばれてきた懐石料理を堪能し、お店を出る。つい先ほど空を覆っていた薄い雲は風に流され、真っ青な空が広がっていた。

まるで比奈の心のよう。ずっと隠していた気持ちを両親に打ち明け、晴れ晴れとしている。

肇と比奈はこのあとも仕事。美紀とはここでいったんお別れだ。

「そうだ、お母さん」

「なあに？」

駅に向かって踵(きびす)を返そうとした美紀を呼び止める。

「いつから真紘さんに私の写真を送ってたの？」

美紀とのトークルームは、ごく最近のものしか見せてもらっていないが。

「真紘さんがひとり暮らしをはじめた頃からよ。離れても家族だと思ってもらいたくて。ひとり暮らしで寂しいかもしれないし」

「それなら私だけじゃなくて、お義父さんやお母さんの写真も送ればよかったのに」

「え？」

美紀がパチッと大きく瞬きをする。

「比奈だけじゃないわよ。肇さんの写真も送ってたわ」

「お義父さんのも？」

少なくとも比奈が見たのは自分の写真だけだった。

「ああ。やめてくれって言うのに、ほんの数日前には風呂上がりのパンツ一丁の威厳もなにもない姿とかね」

肇はかなり不満そうだ。

（もしかしてお義父さんの写真は真紘さんが削除したのかな）

数日前なら比奈が目にしてもおかしくない。そもそも自分の父親のそんな写真はいらないだろう。

「あら、パンツ一丁でも男前よ。比奈も見る？」

「こら、美紀、やめなさい」

バッグからスマートフォンを取り出そうとした美紀を肇が制す。さすがに娘にまでそんな姿は晒してほしくないだろう。

「じゃ、比奈にはあとで肇さんのキメ顔を送っておくわね。肇さんもそれならいいでしょう？」

「ん、まぁそれならいいだろう」

仕事中は当然ながら厳しい顔を見せる肇だが、妻の前ではカタなし。まんざらでもない様子だ。

「それじゃ私はそろそろ行くわね。ふたりともお仕事がんばって」

手を振って背を向けた美紀が地下鉄の階段を下りていくのを見届けてから、比奈も肇と歩き出す。

ここへ来るまで緊張していたのが嘘のよう。ふたりの関係をはっきり認めてもらえたわけではないが、気持ちを知ってもらえただけで大きな前進だ。

「事務所に戻ったら大鷲に話すから。あちらのご両親にも私から詫びを入れておく。比奈はこの件に関して心配しなくていい」

「うん、ありがとう、お義父さん」

一歩ずつ着実にステップアップしていけばいい。今まで秘めるしかなかった気持ちを公にできたのだから。

笑いかけてきた肇に微笑みで返した。


戻った事務所のエレベーターで肇と別れ、総務部に戻りつつ真紘に報告しようとメッセージアプリを開く。

【お義父さんに無事話せました】

送信をタップするや否や既読がつき、真紘からすぐにレスポンスがあった。

【そうか。ひとまずよかった。今後の話をしたいから今夜会おう。迎えに行くから、ビルを出たところで待ってて】

もちろんオッケーのため、すぐに了承を意味するスタンプを送る。

彼からの誘いに自然と笑みが零れ、心は軽やか。ちょうど自席に着いたところで〝あとでね〟とスタンプを送った。


真紘と会う約束があるだけで、仕事の進みは格段に違う。普段手を抜いているわけではないが、恋はエネルギー源だとしみじみ痛感。ちょっとした難題でも快く引き受けられるし、笑顔も弾ける。叶わないと諦めていたから余計なのかもしれない。

その日の仕事を終え、同じ部署のみんなに挨拶をしてフロアをあとにする。エントランスロビーから外へ出ると、湿気を含んで暑いものの昼時に晴れ渡った空はそこにまだ健在だった。

(幸先がいいみたいでうれしいな)

待ち合わせ時刻まで、あともう少し。車の往来の激しい道路を眺めていると、バッグの中でスマートフォンが電話の着信音を響かせる。取り出して確認すると、それは真紘からのものだった。

『比奈、悪い。事故渋滞に巻き込まれた』

応答をタップして耳にあてると、比奈が口を開くより早く真紘が言う。

「事故？　真紘さんは大丈夫なのよね？」

『俺は平気。ただ車が動かなくなったから、しばらくかかるかもしれない。ビルの一階にあるコーヒーショップで待っていてくれ』

「うん、わかった。気をつけてね」

いったん路肩に停車しているという彼との通話を切り、出てきたばかりのビルの中に足を向けたときだった。

「比奈さん」

不意にかけられた声に振り返ると、あまり顔を合わせたくない人物がそこにいた。

「……大鷲さん」

外出していたのか、ビルの前に横づけした車から降り立ち、比奈のもとに早足でやって来る。

「少し話しませんか？」

「ごめんなさい。このあと約束があるんです。結婚の件でしたら、義父からお聞きになったかと思うのですが……」

お昼を一緒に食べたあと、大鷲に正式に申し入れがあったはずだ。

大鷲が不敵な笑みを浮かべたため思わず半歩後ろに下がる。

「そうですね、所長から話は伺いました」

「結果的に大鷲さんを振り回してしまい、本当に申し訳ありません」

大鷲の人格はさておき、比奈が一度は結婚話を受け入れたのが原因である。それに関して言えば、大鷲に非はない。

「申し訳ないと思うのなら、少し時間を作ってくれませんか」

「結婚に関する話でしたら、義父からお聞きになった通りです。今日は時間もありませんし」

「そんなに時間は取らせません」

食い下がる大鷲に困っていたそのとき、比奈は背後から声をかけられた。

「比奈ちゃん、どうかした？」

仕事を終えた美保子だった。不穏な空気を感じ取ったのか、彼女が訝しそうに比奈たちを見比べる。

「あ、いえ、今、帰るところです」

強張っていた表情を解いて取りなした。ほっとしたのが正直なところだ。

「そう、じゃ帰りましょ」

「はい。では大鷲さん、失礼します」

彼に頭を下げ、美保子を追うように踵を返したが。

「比奈さんは耳に入れておいたほうがいい話なんですが、本当にいいのですか？」

大鷲は意味深に問いかけてきた。お伺いを立てる言い方の割に、彼の目はやけに鋭い。

(私が聞いておいたほうがいい話？　いったいどんな……？)

比奈と大鷲の間に、破談の話以外になにがあるというのだろう。

お見合い以降、不可解な彼の言動は比奈に強い警戒心を抱かせるようになった。嫌な緊張感に包まれ、鼓動のリズムがおかしくなる。

「……どういう話ですか？」

「比奈さんのお義兄さんの話です」

大鷲は立ち止まって比奈を待つ美保子をチラッと見やり、彼女には聞こえないよう小声で言った。

(真紘さんの?)

なぜ真紘を今、持ち出すのだろうか。

目をまたたかせて彼を見る。

比奈の気を引くことに成功したと感じたのか、大鷲はふっと笑みを漏らした。

「聞くか聞かないか、どうしますか?」

不審に思いながらも、彼の名前をあげられれば無関心ではいられない。

どのみち真紘はここに迎えにきてくれるから、それまでの間だ。

「美保子さん、大鷲さんと少しだけお話ししてから帰ります」

待ってくれていた彼女にそう告げると、美保子は「わかったわ」と笑顔で手を振って背を向けた。

「それで、真紘さんの話ってなんでしょうか」

改めて大鷲に向きなおり、問いかける。

大鷲はふっと笑いながら「〝真紘さん〟か」と比奈の言葉を繰り返した。どことなく悪意のこもった目つきに感じるのは、フィルター越しに彼を見ているせいか。

「そう呼んでるんですね」

義兄なのにと言いたいのかもしれない。

なんとなく悔しくて、比奈は下唇をぐっと噛みしめた。

「話というのは彼の会社の存続に関わることです」

大鷲は視線で周りに注意を払ってから自分の口元に手を添え、内緒話でもするみたいに囁いた。

空間デザイン会社の存続とはいったい。

多方面にわたる企業で顧問弁護を請け負っている大鷲だからこそ、重要な情報を掴んでいる可能性がある。

(真紘さんの会社を揺るがす情報を大鷲さんが握っているというの?)

ハッタリなのか、それとも本当になにか重大なネタを掴んでいるのか。まったく見当もつかず、不安が胸に広がっていく。

それが比奈に無用な緊迫感を与え、冷や汗が背中を伝った。

真紘の会社が抱える問題を比奈が対処できるとは思わないが、その情報を早めに仕入れることで彼の役に立てるかもしれない。

「立ち話もなんですから、僕の車に乗りましょうか」

「いえ、ここでお願いできないでしょうか」

大鷲はハザードランプをつけて停車している車を指差したが、比奈は断った。彼の誘いには慎重にならざるを得ない。

「ほかの人に聞かれてもいいんですか?」

「よくはありませんが……。声を抑えてお話ししていただけると助かります」

「なるほど、わかりました。いいでしょう」

大鷲は自嘲気味に笑い、激しい人の往来を避けてビルとビルの間に比奈を誘った。

「真紘さんの会社の存続に関わる話ってなんでしょうか」

向かい合って立つ彼に早速切り出す。

「あなたのお義兄さんの会社、相当汚い手を使っていますね」

「……汚い手？」

大鷲をまじまじと見つめると、彼は顔色ひとつ変えずに淡々と続けた。

「下請け業者への支払い遅延はもちろん、合理的な理由のない支払い金額の減額、自社の利益のために現金などを不当に提供させるなど、数え上げたらきりがありません」

「そんなまさか」

にわかには信じられない情報だ。

「一代で会社をあそこまで大きくできるのには、それなりに理由があるものですよ。法スレスレならまだしも、クレアハートの業務内容は完全に違法です」

「なにを根拠にそんなことを言うんですか？」

証拠もなしに糾弾するのはあんまりだ。そもそも真紘がそんな手を使うなんてありえない。

ふつふつと怒りが湧き上がり、心拍が乱れる。

「私が口先だけで言っていると？」

大鷲は大袈裟にため息をつき、「今、証拠を見せますよ」といったん車に向かう。戻った彼はクリアファイルを手にしていた。

「中に入っている資料を読んでみてください」

差し出されたファイルを手に取り、言われるまま中から資料を取り出し、目を落とした。

そこには相手方の社名と個人の実名とともに、違法行為と思われるものがナンバリングされ詳細に書かれている。たった今、大鷲が言っていたように支払い遅延や減額、現金の不当な要求などだ。

中には女性に対する公私混同した関係の強要まであり、どれも目を疑いたくなるものだった。

しかし、いくら資料を提示されたからと言って信じられるものではない。

「こんなの嘘です。真紘さんはこんなことをする人ではありませんから」

断固として言い返す。比奈は自分でも驚くほど声を張ったが、それでも大鷲はまったく動じない。

「あなたは彼のなにを知っていますか？」

「なにって……」

勢いづいて反論したくせに言葉に詰まる。そう問われると、なにを知っているのだろうかと疑心暗鬼になる。

「十年以上も会っていなかったそうじゃないですか。クレアハートの内部事情だってなにも知らないでしょう。マスコミにもてはやされて天狗（てんぐ）になり、それを維持するために悪事に手を染めたのでしょうね」

「そんなはずはありません！」

人の目を忘れて、比奈はつい強い口調で言い返した。根も葉もない戯言。いくら十年会っていなかったからといっても絶対に信じない。

しかし、あまりにもひどい言われように気持ちが高ぶり、脈拍だけでなく呼吸まで乱れてくる。目眩まで覚えて、膝に力が入らない。

「この話を公にしたらどうなると思います？」

「……え？」

大鷲の口元に不敵な笑みが浮かぶ。とても嫌な感じのする表情を見て、比奈は身構えた。

「少なくとも彼の会社は終わるし、所長にも少なからず影響はあるでしょうね」

大鷲からとんでもない発言が飛び出した。

「公表なんてやめてください！」

比奈は真実だとはなから思っていないが、たとえ嘘だとしても世間はおもしろおかしく騒ぎ立てるだろう。成功した人間のスキャンダルなら、なおさら飛びつくのは目に見えている。

法曹界から空間デザインの世界に飛び込んだ真紘にとって、会社はなににも代えがたい大事なもの。義父にとっての阿久津法律事務所だって同じだ。

大鷲に食い下がったそのとき、比奈は強烈な立ちくらみを覚え、思わずふらふらとその場にしゃがみ込んだ。

「比奈さん？　どうしたんですか？」

すぐそばにいるはずの大鷲の声が、ものすごく遠くから聞こえる。体は重く、耳鳴りまでしてきた。

「……奈さん、比奈さん？」

ぐわんぐわんと視界が大きく揺れ、堪えきれずに目を閉じると今度は瞼が重くなる。もはやしゃがみ込んでもいられず、崩れるようにして体が倒れると同時に、比奈は意識を手放した。


貝のように固く閉じていた瞼をゆっくりと開けると、比奈の見慣れない景色がそこにあった。

格子模様の天井が目に入り、視線を動かした先にグレーのカーテンがあった。

（……ここ、どこ？　私、どうしたんだっけ……）

ぼんやりとした思考を手繰り寄せながら体を起こしていくと、思いも寄らない人物がそこにいた。

「気がつきましたか」

「お、大鷲さんっ」

思い出した。比奈は彼と話している最中に脳貧血を起こしてしまったのだ。昨夜の寝不足と極度の緊張が原因だろう。

一気に体を起こしたため、再び軽い目眩に襲われる。こめかみを押さえ、視界を矯正した。

「大丈夫ですか？　もう少し横になっていたほうがいいですよ」

「いえ、平気です」

大鷲が伸ばしてきた手をやんわりと避けると、彼は苦笑いを浮かべた。

なんとか体を立てなおして、寝ていたのがソファだったと気づく。

「すみません、ご迷惑をおかけしました」

「いきなり倒れたから驚きましたよ」

目の前で人が意識を失えば当然だろう。

「本当にすみません。それで……ここは？」

「僕のマンションです」

「大鷲さんの……」

部屋にふたりきりだとわかり動揺する。大鷲が口元にかすかに浮かべた笑みが、比奈に恐怖を抱かせた。このままここにいてはいけないと第六感が言っている。

「あの、では私はこれで」

立ち上がって周囲を見回すが、バッグが見当たらない。

（えっ、どこ？）

ソファの上にも脇にもテーブル付近にもなく、あたふたしていると……。

「これを探してますか？」

どこから出したのか、大鷲が比奈のバッグを自分の膝の上に載せた。

咄嗟に手を伸ばしたが、大鷲は返すのを拒むように比奈から遠ざける。

「返してください」

比奈は真紘と約束をしているのだ。腕時計で時間をたしかめると、事務所を出てから一時間ほど経っている。渋滞に巻き込まれたとはいえ、真紘もさすがに到着して、きっと今頃心配しているに違いない。

「話はまだ途中ですよ」

大鷲は得意げな様子で笑みを浮かべた。だからまだ帰さないと言いたいのだろう。

大鷲が、真紘の会社の悪事を公表すると言ったところで話は止まっていた。比奈はもちろん、真紘がそんな手を使っていると信じていない。

「比奈さんの出方次第では公表を控えるのを考えなくもありません」

穏やかな眼差しのようでいて、その奥に黒い影が見え隠れしているのがわかる。

だからこそ身構えずにはいられない。

「私の出方って……」

「交換条件があります」

嫌な予感を覚え、鼓動がドクンと音を立てる。大鷲がなにを要求するのか、なんとなくわかってしまった。

「すでに察していると思いますが、僕と結婚することです」

「それは無理です。だって私は――」

「では公表してもいいと受け取っていいんですね」

〝真紘さんを好きだから〟と言おうとしたが、大鷲に遮られる。

「そんなのあんまりです」

「お言葉を返しますが、それは比奈さんのほうではないですか？　僕との結婚を一度は承諾しておいて、あっさり覆すんですから」

大鷲は口元に笑みを浮かべた。苦情を言っているようには見えない表情だ。そのうえ淡々とした口調がかえって不気味である。

「それは申し訳ないと思ってます」

だから比奈も何度も謝っているのだ。

「ならば結婚しましょう。当初の予定に戻すだけです。僕に誠意を見せてください」

「私は大鷲さんとは結婚しません。義父から了解も得ました。ですから――」

「所長も所長です」

比奈が肇を引き合いに出した途端、大鷲が顔色を変える。それまでわけもなく笑みを浮かべていたのに、急に眉根を寄せ険しい表情になった。

「彼が僕になんて言ったと思います？　阿久津法律事務所を辞めてほしいと言ったんですよ」

「えっ」

それには比奈も驚いた。後継者の話がなくなるばかりか、事務所を辞めるように促すとはどういうことだろうか。

「事務所がここまで大きくなったのは、僕のおかげだというのに」

「たしかに大鷲さんは優秀な弁護士だと思います。でも、うちにはほかにもたくさん優秀な弁護士がいますから」

大鷲ひとりの力で発展したわけではない。そもそも大鷲は入所して五年くらいだと聞いている。阿久津法律事務所はそれ以前から日本でも有数の法律事務所だ。

もちろん肇が後継者にと望むくらいだから、所属している弁護士の中でも大鷲がトップクラスなのは間違いないが。

「比奈さんまでそんなふうに言うんですね。仮にも一度は結婚してもいいと思った相手に向かって、随分とひどい仕打ちじゃないですか」

「ごめんなさい。でも」

「せっかく合併の話もいいところまで進んでいるというのに」

「……合併？」

そんな話は肇から聞いていないし、肇はそんなつもりもないだろう。

そのとき、ふと思い出した光景があった。

大鷲が、クライアントなどの機密情報を保管している資料庫に出入りしていた場面だ。あのときは比奈のほうが彼を避けたくてコソコソしていたが、大鷲が周りを気にする様子は今思えばかなり不審だった。

あのときになんらかの情報を盗み出し、合併先の事務所に漏らしていたのか。大鷲は阿久津法律事務所を乗っ取り、ほかの事務所との合併を企んでいたのか。

もしかしたら、それが肇に知られ、退職を促されたのではないか。

（お義父さんが大切にしてきた事務所を、そんなふうにしようとしているのだとしたらひどすぎる……！）

比奈は、昼食のときに肇が大鷲を苦々しく呼び捨てにしていた理由がわかった気がした。

「阿久津法律事務所を僕の手でもっともっと大きくしてあげようというのに、肝心の事務所が手に入らないんじゃ話にならないんですよ。危険を冒して手に入れた情報が、全部無駄になってしまったじゃないですか。そのうえ事務所を辞めろとはふざけてる。どう責任を取ってくれますか？」

やはりそうだった。大鷲は事務所から機密情報を盗み出していたのだ。

「あなたがわがままを言って破談になんてしなければ……。そうすればすべてうまくいくはずだったんだ」

大鷲の声が突如として低くなる。しかもわずかに震えていた。

これまでのふてぶてしいまでの冷静さはどこへいったのか、大鷲は肩で大きく息をしはじめた。

「だが今からでも遅くない。比奈さんが僕と結婚すると所長に言えば、まだ間に合う。事務所を僕のものにできる。……そうだ、そうすればいい。ね、そうしましょう」

不意に向けられた視線は焦点がどことなく合っておらず、言葉と相まって狂気じみている。

「……私はあなたとは結婚しません」

いくらなんと言おうと、それだけは変わらない。変えようがない。

比奈はそう答えながら、早くここから出なければと焦らずにはいられない。

「どうしても結婚しないと言うのなら」

大鷲が唐突に立ち上がったため、身の危険を感じて咄嗟に彼から離れる。しかし大鷲のほうが先んじて、比奈の腕を捕らえた。

「きゃっ」

「その気になるまでここから帰しません」

「やっ、離して！」

大鷲は比奈をリビングの脇にある部屋に引っ張った。

手を振り解こうとしても、足を踏ん張っても、所詮男の力には敵わない。比奈は物でも扱うかのように、容赦なくそこに投げ入れられた。

「ひゃっ」

膝をついたあと、フロアに倒れ込む。物置として使っているのか、ダンボールなどが雑然と置かれている部屋だった。

「気持ちが変わるまでそこにいたらいい」

大鷲は吐き捨てるように言い、ドアを乱暴に閉めた。

比奈は急いで立ち上がってドアノブを回したが、鍵をかけられてしまった。

「開けて！　大鷲さん！　ここから出して！　お願い！」

ドアを叩いて訴えるが、大鷲はなにも答えない。しばらくそうして叫んでいたが、そのうち疲れ果て、比奈は膝から崩れるようにしてその場に座り込んだ。

比奈の気持ちが変わることなど永遠にないのに。だとすれば永久にここから出られなくなる。

そんな不安に駆られ、どうしようもなく怖くなり、自分を掻き抱く。

(真紘さん……！)

心の中で何度も彼の名前を呼んだ。

＊＊＊＊

事故渋滞をようやく抜けた真紘だったが、待ち合わせ場所のコーヒーショップに比奈の姿はなかった。

店員に尋ねたが、そのような女性は見かけていないと言う。

電話をかけても比奈は一向に出る様子がない。

不審に思いながらカフェを出たそのとき、不意に名前を呼ばれた気がした。しかし振り返った先に比奈はおらず、空耳かとため息をつく。

(いったいどこへ行ったんだ)

コーヒーショップで待っているように言われた比奈が、真紘になんの連絡もよこさずに移動するとは考えにくい。

なぜだろうか。真紘は嫌な予感がした。

(この胸騒ぎはなんなんだ)

気のせいだと思いたいが、大鷲の過去の一連の問題行為が真紘を揺さぶりにかかる。

肇に縁談を白紙にすると告げられた彼が、怒りの矛先を比奈に向ける可能性を否定できないせいだ。

クライアントの情報を秘密裏に手に入れて悪用するような男である。なにをしでかすかわからない。

比奈の身になにかが起こっているのではないかと、真紘は焦りはじめた。

もしかしたらなにか忘れ物でもして事務所に戻ったのか。そこで真紘からの着信に気づかず、誰かと話し込んでいるのか。

そうであってほしいと願いながら情報を求めて事務所へ向かおうとエレベーターを目指していると、不意にすれ違った女性に呼び止められた。

「あら？　阿久津所長の息子さんじゃないですか？」

まさしくその通りのため振り返ると、目元がぱっちりしたショートカットの女性が立っていた。

事務所の関係者なら好都合だ。彼女の前に歩み出て頭を下げる。

「はい、いつも父と義妹がお世話になっております」

「やっぱりそうでしたか。テレビや雑誌でお見かけしたことがあったのでそうかな？　と思ったんです」

女性がパッと顔を輝かせるが、今はそれどころではない。

「すみません、義妹がまだ残っているかご存じではないですか？」

まったく違う部署にいたら関知していないだろうが。

「比奈ちゃんですか？　彼女なら退勤時刻とほぼ同時に帰りました。私、同じ部署なんです」

「帰った？　いや、そんなはずは……」

抱いていた嫌な予感が濃厚になっていくのを肌で感じる。

「中にはいないですよ？　私も同じくらいに退勤したんですが、途中でスマートフォンを事務所に忘れたことに気づいて、今取ってきたところなんです」

女性はエレベーターのほうを軽く見やった。

「比奈は誰かと一緒でしたか？」

「はい、ビルを出たところで大鷲さんと……」

（——大鷲と⁉）

背中に氷をあてられたようにひやりとした。

「深刻そうな様子だったので声をかけたんですけど、比奈ちゃんに彼ともう少し話していくと言われて……」

所内の人間は、比奈と大鷲の結婚がなくなった事実をまだ知らないだろう。だから同じ部署の女性が、比奈が大鷲とふたりでいるのを不自然に思わなくて当然だ。

「すみませんが、大鷲さんの連絡先を知りませんか？」

食いつく勢いで尋ねたため、女性が驚いて一歩後ずさる。

「……はい？」

「急いでいるんです！」

必然的に声のトーンが上がってしまい、女性は肩を震わせて目を見開いた。

彼女を震え上がらせても仕方がないのに、気持ちが急いて抑えがきかない。

「時間がないんだ、知っているのかいないのか」

丁寧に問いかける余裕もなくなる。

「ご、ごめんなさい、知らないんです」

「怖がらせてすまない。知らないならいいんだ。悪かった」

緩く首を振る女性に謝罪し、ポケットからスマートフォンを取り出した。

女性に一礼し、車に戻りながら肇の履歴をタップして耳にあてる。十コールほど鳴らしてようやく出た肇に、挨拶もすっ飛ばして尋ねた。

「大鷲の連絡先を教えてくれ」

『藪(やぶ)から棒になんだ。今、クライアントのところだ』

真紘がしつこく鳴らしたから中座したのか、それでも肇は声のトーンを抑えた。

「事情を説明している時間はない。急いでいるんだ」

肇をせっつきながら車に乗り込む。気持ちが先走り、エンジンを空ぶかししてしまった。

『個人情報を安易に教えられないのは真紘もわかっているだろう？　例の件なら私から話をつけてある』

「そんな悠長なことを言っている場合じゃない！　比奈が危険に晒されているかもしれないんだ！」

声を荒らげるなど大人げないが、そうせずにはいられない。今こうしている最中にも、比奈の安全が脅かされている可能性は大だ。

『比奈が？　なにがあったんだ』

「あとで説明するから頼む」

『まさか、私があんなことを言ったからか……』

肇がハッとしたように息を呑んでから、ぽつりと呟く。

「あんなこと？」

『大鷲に情報漏洩を問い詰め、事務所を辞めるように言ったんだ。それで追い詰めてしまったか……』

おそらくそれが引き金になったのだろう。大鷲はその苛立ちを比奈に向けたに違いない。切羽詰まった事情が伝わったらしく、肇は『比奈を頼んだぞ』と情報を差し出してきた。

通話を切り、教えられたナンバーをタップする。怒りのせいで指が震えて止まらない。ところが何度かけても出る様子はなく、それは比奈にかけても同様だった。

焦りだけが募っていく。

「くそっ、どこに行ったんだ！」

思わずハンドルを拳で叩いた反動でクラクションが短く鳴る。数人の通行人が、なんだとばかりに振り返った。

「落ち着け、落ち着け……。冷静になって考えろ」

呪文のように繰り返し深呼吸で自分を宥めるが、それでも息は荒く浅く、焦りは増すいっぽう。怒りで塗りつぶされた頭で必死に思考を巡らせる。

強引に連れ去ったとすると、人の目はなるべく避けたいはず。ならば自宅に向かったのではないか。

「……そういえば」

ふと思い出した。興信所を使った大鷲の調査書には、自宅の住所が記載されていた。

後部座席に置いてあるブリーフケースに手を伸ばし、中から肇に渡したものと同じ報告書を取り出した。

そこにいる保証はないが、ほかに目星はつかないのが現状だ。不在だとしても、張っていれば大鷲は帰宅するから、そこを取り押さえればいい。

真紘は住所の場所に車を急行させた。


大鷲のマンションは戸建てが並ぶ、静かな住宅街にあった。車の往来はそれほどなく、人がぽつぽつと歩いている程度だ。

真紘はマンションの前に車を横づけし、急いで降りる。ガードレールを軽く飛び越え、エントランスホールに駆け込んだ。

比奈と連絡がつかないのはべつの急用ができたせいで、大鷲に連れ去られたわけではないと信じたい。すべてが真紘の勘違いならどれだけいいか。

複雑な心境でオートロック扉の前で部屋のナンバーを呼び出す。

しばらく待ってみても反応はない。

(早く出ろ。なにしてるんだ)

諦めきれずにしつこく何度も鳴らしていると、不意に不機嫌な声が応答した。

『はい』

ぶっきらぼうで投げやりだ。

「阿久津です」

おそらくカメラで姿も確認しただろう。険しい表情の真紘を目にしてどう感じたか。

『所長のご子息が、いったいどのようなご用件で』

まずい状況を焦ってもよさそうだが、声の調子はいたって普通だ。

(ここに比奈はいないのか……？　だとすればいったいどこに)

「比奈をご存じではないですか」

恫喝（どうかつ）したいのをぐっと堪えて丁寧に問いかけるが、それに反して唇は戦慄（わなな）く。

『もちろん存じ上げておりますよ。所長の大事なお嬢さんですし、私の大切な婚約者でもありますから』

いけしゃあしゃあと言う口を今すぐ捻り上げてやりたい。大鷲の目的は事務所だ。比奈は、そのための駒でしかない。

質問の意味がわかっていながらはぐらかすような大鷲の態度が真紘の怒りを増幅させ、思わず自分の太腿を拳で殴る。

「結婚の話はなくなったと聞いています」

所長である肇から伝わっているはずだ。

『一方的に破談を言い渡されて、私が納得すると思いますか。だいたい今回の話は所長から〝ぜひりですよ』

に〟とお願いされたものです。一度は承諾しておきながら、それを都合が悪くなったなんてあんま

「だから比奈を連れ去ったと」

『連れ去る？　なぜ僕がそんな荒っぽい真似を？』

インターフォン越しに大鷲がクスッと笑う。

「阿久津法律事務所が入居するビルの前で、あなたが比奈と話していたという目撃証言がある」

その後、比奈の消息が掴めないのだから、大鷲は限りなく黒に近い。――いや、大鷲以外には考えられないのだ。

ところが大鷲は動揺するどころか、平然と返した。

『とんだ言いがかりですね。たしかに話はしましたが、その場で別れました』

あまりにも堂々としている態度が、真紘を焦らせる。

『そろそろお引き取り願えますか。僕も忙しい――』

大鷲が真紘を追い払おうとしたそのとき、どこかを激しく叩くような音がインターフォン越しにかすかに聞こえた。と同時に比奈が真紘を呼んでいる声が、耳ではなく心に届いた。

それは幻聴なんかでは決してない。比奈が真紘にここから助けを求めていると確信した。

『チッ』

大鷲が軽く舌打ちをする。なにかに苛立ったのは明らかだ。

（――そうだ）

胸ポケットに入れていたスマートフォンの存在を思い出した。咄嗟に比奈のナンバーを呼び出すと、わずかだが着信音らしきものが聞こえて確信する。

やはり比奈は中にいるのだ。

「比奈！　比奈、聞こえるか！　比――」

真紘が声の限りに叫んだ瞬間、インターフォンはプツッと切られてしまった。

「くそっ！」

勢い余って壁を拳で叩く。強く握りしめた手のひらに爪の痕がくっきりと残った。

「あの……なにかございましたでしょうか」

どうしたらいいのか考えあぐねている真紘の背中に、遠慮がちに男性の声がかけられた。

パッと振り返った真紘の形相が険しすぎたのだろう。六十代くらいの小柄な男性は怯えたように半歩下がりつつ続けた。

「私はここの管理人です」

「管理人……」

眉間にざっくりと刻んでいた皺を消す。この人物に頼めば、ここを突破できるのではないか。

「すみません、家族がここに監禁されているんです！」

「え？」

おかしな人間が現れたと思ったのだろう。管理人は訝しげに眉をひそめた。

いきなり監禁などと言われれば無理もないだろう。だが今の真紘は気遣いなどしている余裕はない。

「ですから、ここに家族が！　三〇八号室です。なんとか突入したいので協力してください。マスターキーがありますよね？」

一刻を争う事態のため、つい声を荒らげる。比奈がここにいると確信したのだから落ち着いてなどいられない。

「そんなこといきなり言われましても」

証拠もないのに無理だという彼の言い分もわかる。だが――。

「迷っている時間はないんだ。こうしている間にも、家族が危険に晒されている」

「ですが、私の一存では……」

「ではここに警察を呼びます」

すぐさま握っていたスマートフォンで通報し、すぐに来てくれるように依頼する。鬼気迫る真紘の様子が伝わったようで、たちまちパトカーのサイレンの音が聞こえてきた。

しかしそれでも真紘の焦りは収まらない。今こうしている間にも、比奈に魔の手が伸びているのだから。

気持ちを落ち着かせようとも思わない。肩を怒らせて呼吸を荒らげ、エントランスを睨みつける。

管理人はそんな真紘を少し離れた場所で眺め、やはりソワソワとしていた。

大きくなったサイレンの音がマンションの前でピタリとやむ。警察官がふたり、バタバタと足音を立ててエントランスに入って来た。

通報者が真紘だと確認すると、すぐに本題に入る。

「部屋はどちらですか」

「三〇八です」

警察官がインターフォンで呼び出すが、当然ながら応答はない。

「すみません、急いでもらえますか」

「とにかく部屋のほうに行ってみましょう」

ふたりは顔を見合わせて頷き合い、近くに控えていた管理人にマスターキーを持参するよう指示。オートロックを解除させ、その先に進んだ。

真紘もふたりを追いかけ、エレベーターに一緒に乗り込む。やけにゆっくりと感じるエレベーターに苛立ちを感じずにはいられない。三階で開いたドアの隙間を強引にこじ開け、真紘が真っ先にフロアに降り立った。

管理人に先導され、目的の部屋に進む。警察官が玄関ドアにあるインターフォンを鳴らし、それでも応答がないためドアをノックした。

「大鷲さん、警察です。ここを開けてください」

しかしドアは静まり返ったまま。警官が少し乱暴にドアを叩くが、開く気配はない。

「すみません。開錠してください」

警官に指示された管理人は「は、はい」と、尻込みしつつ持っていたマスターキーで鍵を開けた。

内鍵のチェーンをされていなかったのは幸いだ。

「大鷲さん、入りますよ」

最後に中にひと声かけ、警官が中に踏み込む。

「比奈！」

叫びともつかない声で名前を呼ぶと、「真紘さんっ」と少し力のない彼女の声がした。

「比奈！」

警官を押しのけて先に進む。リビングの脇のドアに手をかけたが、ここも鍵がかかっていた。

「くそっ！　大鷲！　開けろ！」

ガタガタとノブを上下に動かす。

「真紘さん！　助けて！」

その声で警官も、大鷲が女性を監禁している事実を完全に信じたのだろう。

「私たちに任せてください」

警官に制されたが、もはやそんな声さえ耳に入らない。ドアを蹴り上げ、無我夢中で体当たりする。肩や腕への痛みも感じないほど、比奈を救出することに必死になっていた。

そうして何度も力の限りに体をぶつけた真紘に、根負けしたのはドアのほうだった。

蝶番が外れ、ドアが半壊する。ようやく開いたドアの向こうに比奈は蹲っていた。

その姿を見て、頭にカーッと血が上った。

「比奈、大丈夫か！」

「真紘さんっ」

必死にしがみついてきた比奈は体全体を震わせていた。

「大鷲はどこだ」

比奈の目が真紘の背後に投げかけられる。パッと振り返ると、大鷲が真紘たちの隙を突いて部屋から出ようとしていた。ドアの陰に身を潜め、脱出する頃合いを見計らっていたようだ。

「待て！」

比奈をその場に置き、咄嗟に飛び掛かるようにして大鷲の肩を引っ掴む。

「離せ」

振り向いた大鷲の顔めがけて拳を繰りだそうとしたそのとき——。

「ここは収めてください」

背後から警官の手によって阻まれた。右腕をがっちりと掴まれ、それ以上突き出せなくなる。

いくら大鷲に非があるとはいえ、ここで真紘が暴力を振るえば罪に問われかねないからだろう。

怒りに任せて警官の手を払いのけようとしたが、土壇場で堪える。憤りで胸は大きく波を打ち、肩は上下するが、どうにかこうにか理性で抑え込んだ。

「――くっ」

投げ捨てるように大鷲の肩を解放すると、彼は足をふらつかせたあと壁に背中をぶつけた。そのくらいの報復は許してもらえるだろう。

「あなたは、弁護士以前に人間として終わりだ」

拳の代わりに言葉を投げつける。

「あと少しだったんだ、あともう少しで……」

「事務所を我が物にするという私利私欲のためだけに、こんな真似をするなど許されることじゃない」

比奈を監禁して、ただで済むと思っているのだから愚かもいいところだ。言動が、あまりにも短絡的でお粗末。これで敏腕弁護士ともてはやされていたとは信じられない。

大鷲は力なく視線を彷徨わせ、観念したかのように見えた。警察に突入されれば当然だろう。もはや彼に弁護士としての未来はない。いっそ塀の中で一生を終わらせてくれと願ってしまう。

真紘も一時は法曹界に身を置いた人間ではあるが、大鷲に限っては更生の可能性など信じない。比奈をこんな目に遭わせたことが、なによりも許せなかった。

「そのへんでいいでしょう」

警官に宥められ、血が滲むほど握りしめた拳を解く。

大鷲は両脇を抱えられ、連行されていった。


比奈を車に乗せ、真紘は自宅マンションへ帰り着いた。

幸いにも比奈は無事だったが、味わった恐怖は簡単に拭い去れるものではないはずだ。風呂にゆっくり入ってリビングのソファに座った比奈は、まだどことなく不安そうだ。

レオはいつもと違う空気感を敏感に察知しているのか、キャットタワーから下りてこず、高い位置からふたりを見下ろしていた。

冷たいお茶を彼女の前に置き、真紘も隣に腰を下ろす。

「怖かっただろう」

肩を引き寄せ、抱きすくめた。

「うん……。でももう大丈夫。こうして真紘さんのもとに帰れたから」

頼りなく揺れていた比奈の瞳に、にわかに力が宿る。

『真紘さんとのことを諦めていた弱い自分と決別するの。私の行動が招いた結果だから、最後まで責任を持ちたい』

そう言っていた比奈の言葉を思い出した。

「助けにきてくれてありがとう」

「どこにいたって、俺は必ず比奈を見つける」

「そういえば、子どものときもそうだったよね」

「子どものとき？」

腕の中で真紘を見上げた比奈に問い返す。

「家族で遊びにいった先で私、迷子になったでしょう？　そのときも見つけてくれたのは真紘さんだった」

言われて思い出した。

四人で行ったテーマパークで、目を離した隙に比奈がいなくなり大騒ぎになったことがある。あのとき泣きながら歩いている比奈を見つけたのは、真紘だった。

「そんなこともあったたな」

「私、真紘さんのTシャツを涙でびちょびちょにしちゃったのよね」

「ああ、そうだったな」

クスッと笑って比奈の髪を撫でる。

真紘の顔を見てほっとしたのか、比奈はそのあとさらに大泣きだった。よほど心細かったのだろう。

当時のように、比奈が真紘を呼ぶ声はどこにいたって聞こえる。見えない糸で繋がり、離れ離れではいられないのだと、十年を経て痛感した。

いくら想いを抑え込もうが、気持ちを誤魔化そうが、絶対に変わりようのないもの。それが比奈への愛情だと強く感じる。

会わずにいたこの十年、真紘の心には比奈しかいなかった。時折、美紀から送られてくる写真でしか顔を見ていないというのに、その存在は薄れるどころか、濃く深く、そして大きくなっていった。

ほかの誰にも代わりは務まらないと言いきれる。

ふたりの仲は誰にも裂けないのだ。

この先ずっと、永遠に。

(比奈は俺だけのものだ)

これほど強い感情はほかにはないだろう。いや、絶対にないと断言できる。

もはや、ふたりの未来にあるのはひとつだけ。

唐突に湧き上がった熱い感情が、真紘の口から零れる。誰にも侵されない、確固とした関係になりたかった。

「比奈、結婚しよう」

義兄妹という代名詞に、真紘は長年苦しめられてきた。血の繋がりがないのに、兄と妹というだけで恋愛はアウトとみなされる。

だからこそ義理の兄と妹ではなく、誰にも文句を言われない結びつきが欲しいのだ。

「……私たち、結婚できるの？」

比奈が目を丸くする。兄と妹なのにと言いたいのだろう。

「血は繋がっていないから可能だ。特別養子縁組をしていても、血族でなければ問題ない」

「ほんとに？」

彼女の瞳に光が宿り、ぱあっと顔を輝かせた。

「私、真紘さんのそばにいられれば十分って思ってたの。でも今、結婚しようって言われて、それが強がりだってわかった」

「俺は比奈を抱いたあの夜から、そう考えていた。比奈を誰にもやりたくない」

「うれしい」

比奈が真紘の胸に顔を埋める。ふわりと香ったシャンプーが鼻孔をくすぐり、甘く酔いしれる。

結婚という鎖で繋ぎ留め、ほかの誰にも手出しができないようにしたい。強い執着と独占欲が真紘の心を侵食している。

永遠に手に入らないと諦めていた反動なのか、比奈への想いは自分でも引くくらいに強烈だ。

「改めて言うよ。比奈、俺と結婚してくれ」

こんなにも愛しい想いを真紘は知らない。本音を言えば、一分一秒たりとも比奈のそばを離れたくないくらいだ。できることなら四六時中、彼女の隣にいたい。

「はい。私も真紘さんと結婚したい。ずっと一緒にいて」

「もちろんだ。死んでも離さない」

「うん。私も離れない」

額をコツンとぶつけ合い、鼻先を擦り合わせる。そのまま唇を軽く重ね、比奈を強く抱きしめる。

ようやく手に入れた喜びに真紘が酔いしれていると、比奈は腕の中から真紘を見上げた。

「だけど、お義父さんとお母さんは賛成してくれるかな」

明るい表情にたちまち影が差す。比奈の懸念はもっともである。

だが真紘には、ふたりは祝福してくれるに違いないという確信めいたものがあった。

比奈との関係を告白したときに、両親から嫌悪感のようなものを感じなかったからだ。それどころか美紀はどことなくうれしそうにしていた。

「大丈夫だ。父さんも義母さんも比奈が大好きだから。むしろ嫁にやらずに済むと大喜びするはずだ」

「そうかな。そうだといいな」

期待を込めて微笑む比奈の額に唇を押し当てる。

「なにも心配しなくていい。比奈は俺のことだけを考えてろ」

憂い事は自分がすべて請け負えばいい。比奈はただ隣にいてくれるだけでいいと、真紘は心底思う。

「ずっと前からそうだけど?」

鼻に皺を寄せ、比奈がおどけた顔をする。

「会っていなかった間も、いつだって真紘さんのことばかり考えてたんだから。私、病気かもって心配になるくらいに」

「それじゃ、おあいこだ」

「おあいこ？　真紘さんもそうだったの？」

大きな目が左右に揺れる。その瞳に映すのは、自分だけであってほしいと願うほど、彼女を独占したくてたまらない。

「ああ。比奈を思い浮かべるだけで体じゅうが疼いてどうにもならないくらいに。だから二度と離してやれない」

「うん、離さないで。ずっとずっと真紘さんのそばに置いて」

「言われなくてもそうする」

誰がなんと言おうと、どんな邪魔が入ろうと、一度手にした彼女を手放す未来は永久に来ない。

「比奈、愛してる」

強く乞われるほどに愛が深まっていく。おそらく比奈への愛情に終わりはないのだろう。ふたり揃って果てのない愛にいつまでも溺れていたい。

「私も真紘さんが大好き」

どちらからともなく重ねた唇は、すぐに熱を帯びて深くなっていく。

そうなると求め合う心は止められない。ベッドまで移動する時間も惜しく、キスをしながらお互いに服を脱がせ合い、比奈をソファに組み敷いた。

やわらかな肌に指を滑らせ、ブラジャーのホックを外す。ふるんと零れた膨らみを手のひらで包み込むと、比奈から甘い吐息が漏れた。

「……んんっ」

その息すら愛しくて、唇ごと奪いにかかる。比奈のすべてが欲しいがゆえだ。

すぐさま舌を挿入し、彼女のそれと絡める。滑らかでぬるりとした口腔内の感触は、比奈の〝中〟を連想させ、真紘自身を熱く、硬くさせる。

ブラジャーを取り払いながら、頬の内側から上顎、下顎と余すところなく舐め尽くしていく。すると比奈の唇の端から、どちらのものともつかない唾液が溢れ出た。

それを追うようにして彼女の首筋に舌を這わせていく。シャンプーとも違う甘い芳香は、比奈の体の中から発せられるのだろう。その匂いに酔わされながら、胸元に向かってキスの雨を降らす。

時折強く吸いつき、愛の証を刻みながら。

「比奈は俺だけのものだ」

「……うん、私は真紘さんだけのもの。だからもっといっぱい付けて」

キスマークをねだられ、やわらかい膨らみを手で堪能しながら真紘は従順に応えていく。気づいたとき、比奈の胸元には真っ赤な花びらがいくつも散っていた。

白い肌とのコントラストが美しく、まるで芸術作品のようだ。

その頂点で薄っすらと色づいた突起を口に含むと、比奈は堪えきれないように体をしならせた。

「あぁっ……」

舌先で転がしてはくちゅくちゅと甘噛みしつつ、もういっぽうの蕾は指の腹で押しては摘まむ。

「んーっ……やぁ、ん……ぁ、真紘さ……そこ……」

「気持ちいいんだろう？　もっとよくしてやるから」

比奈のかわいい反応に触発され、左右を交互に舐め回し、手のひらで入念に揉み上げる。やわらかさがいっそう増すいっぽうで、先端の蕾はどんどん硬くなっていった。

「ふっ、あ、ぅん……んぁ」

大鷲の件が片づいた安堵もあるのか、感度がこれまで以上だ。吐息をかけるだけで、比奈は甘ったるい声を鼻から漏らした。

おかげで真紘自身も体の中心が疼いてたまらない。比奈が徐々に乱れていく姿を見るだけで、熱いものを放出してしまいそうだ。

いっそ今すぐ、熱くなった塊を比奈に突き立ててしまいたいが、いや、まだだと自分を制す。

蕾を舌で転がしながら、指先は膨らみを伝って下腹部を目指していく。ショーツの上から割れ目をなぞると、布がしっとりしていた。

「濡れてる」

思わずほくそ笑む。

自分の愛撫で比奈が濡れたのかと思うと、真紘はそれだけで狂喜するのだ。

「やだ、そんなこと言わないで。真紘さんがそうさせたくせに」

拗ねた顔は上気し、濡れた瞳がその先をねだっているのがわかる。

「それじゃ、ここでやめようか」

もちろんそんなつもりは毛頭ないが。

「真紘さんの意地悪」

「それを言うなら、比奈のかわいさのせいだ。ここだって、こっちだって」

そう言いながら胸の尖端やへそ、ウエストのくびれに口づけると――。

「あっ、やっ……んん」

比奈はそのたびに体をヒクつかせて見悶えた。連想性感帯の反応も抜群だ。

さらに真紘はショーツの中に手を忍ばせ、薄い茂みをかき分ける。この先がどんな状態か、真紘はショーツの布越しに把握済みである。

ぬめりのある湿り気に指を滑らせると、比奈は背中を弓なりにした。

「やぁっ……」

突き出した胸がたわわに揺れる。その直後、蜜を滴らせる泉のわずか上に身を隠していた花芽に触れると、今度は腰をビクンと弾ませた。

「比奈はここが好きだよな。もっと触ってほしいだろう?」

眉根を寄せ、苦悶の表情で比奈がこくんと頷く。

「素直でよろしい」

そこに触れたいのは真紘も同じ。ショーツのウエスト部分に指をかけ、ひと思いに脱がせた。

もじもじとクロスさせた足を割り、その付け根に指を這わせる。

「ああん」

比奈の甘い声と、くちゅりという卑猥な水音が真紘の耳を犯しにかかった。

抑えきれずに彼女を抱き起こし、ソファの背もたれに体を預けさせる。その体勢で両膝を立たせ、大きく開かせた。

「やっ、恥ずかしいっ」

「今さらなにを言うんだ。比奈のここなら、もう何度も見てる」

桜色に染まったその場所は、何度見ても真紘を滾らせる。

「そうだけど……！」

比奈が露わになった秘所を両手で隠そうとしたが、真紘は片手でやんわりとどかし、顔を近づけた。

「待って！」

「待たない」

得も言われぬ芳醇な香りが、官能を揺さぶる。くらりと目眩を覚えるほどに甘く刺激的だ。比奈は体じゅうからいい匂いを発しているが、そこはまた格別。

濡れて艶めくその場所に、真紘が舌をあてがう。割れ目をなぞるように下から上に舐め上げると、比奈は頤（おとがい）を反らして嬌声を上げた。

「やあああん」

舌を離す直前、まだ小さな膨らみを舌先で弾いただけで、比奈の足がガクガクと震える。

もしや――と思って彼女を見ると、比奈は頬を染めて恥ずかしそうに目を逸らした。

「……ごめんなさい、イッちゃった」

あれだけで軽く達してしまったと言う。なんて感度のいい体なのか。

「謝る必要はない。気持ちいいのは我慢しなくていいし、何度だってイケばいい」

「うん……」

「まだまだ終わらないから覚悟しろよ」

「それじゃ……もっと気持ちよくしてね」

目を合わさずにお願いするのは羞恥心が邪魔するせいだろう。そんな仕草が真紘をさらに熱くさせるのを、比奈はきっと知らない。

「お望み通りに」

そう言うなり真紘は、蜜が滴る場所に顔を埋めた。

舌で襞を分け入り、溢れる蜜ごと舐め回す。

「あっ、や……ハア、ん〜〜っ」

じゅるじゅると音を立てて吸っては、小さな蕾を鼻先や指先でくすぐる。徐々にぷっくりと膨れてきたそれを口に含み、舌で捏ね回すと、コリコリとした硬さも出てきた。

「真紘さん、そんなに舐めないで〜っ」

閉じようとした足を手で阻止する。

「気持ちよくしてって言ったのは比奈だぞ?」

「そ、そうだ……けどっ……ぁん……あぁ〜っ」

比奈の制止にかまわず、蜜窟に指をゆっくり挿入していく。堪えきれないといった声を漏らした比奈のそこは、ヒクヒクと蠢いた。真紘の指を飲み込もうとする意思でもあるかのようだ。

「……すごいな」

思わずそう漏らしてしまうほど卑猥で、体の中心が熱くなる。真紘は、自分の逸物が重量を増していくのを感じていた。

ぐるりと指を回しながら挿入を繰り返し、赤く膨らんだ蕾を舌で捏ね回す。ときに潰したり、硬くすぼませた舌先で弾いたりしていうるうちに、比奈の呼吸が上がってきた。

肩を上下させて息をし、真紘の指をぎゅうぎゅう締めつける。

「ハァ、ハァ……ま、ひろさ……それ、気持ちいい、すごく」

真紘の髪を手でかき乱しながら、比奈が恍惚とした表情を浮かべる。

「それは、もっとよくしてってことだな」

真紘は空いていた左手を比奈の胸の膨らみに伸ばす。ツンと上を向いた先端を指の腹で押した途端、比奈の蜜窟がねだるように蠢いた。

「や……ぁっ」

その動きに先導され、指の挿入を再開する。もちろんぷっくりと姿を現した蕾を舌で弄ぶのも忘れない。

「ま、待って、真紘さん！　そんなにいっぱいしちゃ……ああっ、んん……ふっ、ぁ、あっ、ダメったらぁーっ」

比奈はイヤイヤをするように顔を左右に振るが、それとは裏腹に、真紘の指を逃すまいとぎゅうぎゅう締め上げる。

「本気でダメなら、こんなふうに腰を動かさないだろ」

比奈は腰を前後に動かし、真紘から与えられる刺激以上のものを求めているように見えた。もっと欲しいと、体が言っている。

「だって……そんなにしたら頭が……おかしく、なっちゃ、ぁんっ……ダメってば～っ」

枯渇を知らない泉からは粘度のある透明な液が溢れかえり、会陰を伝ってソファを濡らしていく。ぐちゅぐちゅと立つ音が、真紘の興奮をいたずらに煽ってやまない。

「おかしくなればいい」

もっと乱してやりたいと、嗜虐(しぎゃく)の心が疼き出す。真紘は指の本数を増やし、比奈の中でバラバラに動かしはじめた。包皮からすっかり顔を出した珠に吸いつき、胸の尖りも捏ね回す。

「ああんっ、やめてーっ、ダメぇ」

比奈の反応はさらに激しくなり、喉から鼻から甘えた声が止まらない。真紘の指は引きちぎられるのではないかと心配するほど絞られる。

「あっ、あっ、ああっ――」

比奈の喘ぎが強まり、今まさに絶頂のときを迎えようかというそのとき、真紘は唐突にすべての動きを中断した。

「……どうして？」

ハァハァと息を荒らげて、比奈が恨めしそうに真紘を見つめる。潤んだ瞳が左右に頼りなく揺れた。

「やめてと言ったのは比奈じゃないか」

つい意地悪を言いたくなるのは、比奈をもっと淫らにさせたいからにほかならない。途中で奪われた快楽が、爆発するのを見たいのだ。

意思に反する結婚を無事に逃れ、解放された比奈をこの目に焼きつけたい。

「そんな意地悪しないで」

今にも泣きそうな顔にぐっとくるのだから、真紘は相当屈折している。それもこれも十年以上もの間、募りに募った想いの反動だろう。解放されたのは、真紘も同じだ。

「それじゃ、どうしてほしいか言ってくれ」

そうしている間にも、比奈の蜜窟は真紘の刺激を欲してヒクついている。

「……イカせて」

潤んだ瞳で懇願され、真紘の中心がドクンと脈を打った。そこに心臓があるかのように、血管がドクドクと収縮を繰り返す。

「いい子だ」

笑みを浮かべるが、もどかしさが募り、真紘のほうこそ余裕が底を尽きそうだった。

(早く比奈のここに俺のを……)

息を荒らげ、指を動かしはじめる。コリコリになった花芽を舌で執拗に転がし、比奈の快楽を高めていく。

直前で寸止めされたせいか、比奈のエクスタシーはすぐにやって来た。

「あぁ……っ、あ、あ……もうほんとに……イク、イッちゃうー。んん〜、あああぁっ……」

伸ばした声が途切れ途切れになっていく。腹がぴくぴく動き、足がピンと突っ張る。これまで以上に指を強く締めつけた蜜窟が、不意に力を緩ませた。

体じゅうに入っていた力が抜け、比奈は両手両足を投げ出してくたりとなった。

しかし、そこで終わらせるつもりはない。真紘の中心部では、今にも破裂しそうなほど膨張したものが、その放熱を待ちわびているのだから。

トラウザーズもボクサーパンツも脱ぎ捨てると、ビンッと反り立った逸物が現れる。準備した薄い皮膜を素早く装着し、比奈をソファに横たえた。

我慢の限界だ。

「真紘さんのが早く欲しい。真紘さんでいっぱいにして」

「……あまりかわいいことを言うな。挿れた途端イッたら、カッコつかないだろ」

「初めてのときもそう言ってたよね」

「そうだったな」

比奈に言われた思い出した。

たしかにそうだった。なにしろそれまでの真紘は、セックスといえば妄想の中で比奈とするだけだったのだ。現実のものとなれば仕方がない。

今は好きなだけ比奈を抱けるのに同じ状況に陥ってしまうのは、それだけ比奈への想いが強いせいなのだろう。愛しくて愛しくてたまらないからだ。

「早くひとつになりたい。もっと気持ちよくしてくれるんでしょう？」

「ああ、任せなさい」

真紘は開脚させた比奈の両膝を抱え、濡れて艶めく蜜海に硬く膨張した自身を突き立てた。

「んん〜」

「大丈夫か？」

比奈が苦悶の表情を浮かべたため心配になる。いつも以上に質量が増したものを挿入しているからだ。

「……うん、大丈夫。真紘さんで満たされていくのがうれしい」

「比奈……」

どうしてこんなにも彼女はかわいいのか。世界最強と言っていい。ほかの誰も、足元にも及ばないだろう。

矢も楯もたまらず比奈の唇を奪う。舌を絡ませ、互いの唾液を交換しながら、じりじりと彼女の奥に突き進んでいく。

温かくぬめりのあるそこは、少し窮屈ながらも真紘をやわらかく包み込み、それだけで血流が増す気がした。

「全部入った」

「……ん。真紘さんと繋がれて、すごく幸せ」

「俺もだ、比奈」

真紘は、心も体も交わる至福の時を味わい尽くしたいと切に願う。それ以上の幸せはきっとない。

「動くぞ」

額にキスを落とし、ゆっくり抽送を開始する。真紘の剛直は、比奈の中でさらに太さを増していく。

（ああ……襞が絡みつくようだ）

彼女の襞の一つひとつが、真紘のそれにまとわりつき、言葉では言い表せない快楽を生み出す。

局所から生まれた熱は下半身から体全体に広がり、周りの空気まで熱していく。

おそらくそれは、ふたりから吐き出される甘ったるい息のせいもあるだろう。

「ん、ハァ……あぁん、やぁ……」

徐々にスピードを上げていきながら、角度を微妙に変えつつ比奈がもっとも感じる部分を探る。時折浅く、深くを繰り返しているうちに、比奈の嬌声に変化が出てきた。

「ここだろ、比奈」

真紘は彼女の下腹部に手を添え、そこに向かって内側から肉杭を強く穿つ。瞬間、比奈は腰を震わせ、結合部をぎゅうっと締めつけた。

「いやぁーっ、ああん……まひ、ろさ……そこ、そこがいいっ」

腹のヒクつきに連動して、膣まで痙攣したようになる。一気に放熱しそうになるほど、真紘もたまらなく気持ちがいい。

「……っ比奈、あんまり締めるな……っぅ」

尻に力を入れてなんとか堪えたが、続けざまにぎゅうぎゅうと絞られ喉の奥から詰まった声が漏れた。

心が解放され、気持ちが伴ったセックスが、こんなにも深い快楽を得られるものだとは。

比奈以外の女性では全然反応しない〝男の象徴〟が、今目の前にあるものと同じだとは思えない。際限がないと錯覚するほど硬く太くなっていく様は、異常すら感じた。

「締めてないからぁっ」

首を横に振り、比奈が無実を訴える。

「そっちがその気なら……」

真紘はギリギリまでいったん抜いた熱棒を、比奈の最奥目指して深く強く突き立てた。

「やああっ！」

さらに奥をかき混ぜるようにして腰をグラインドさせると、比奈は胸をのけ反らせて身悶えた。

そのまま徐々に速くなっていく律動で、ふたりの間からはいやらしい水音が立ち、それが泡となって滴っていく。

「あんっ、やっ……待って！　……イッちゃう、イッちゃう……ハァハァ、んん〜」

リズミカルな抽送が比奈の胸を毬のように弾ませる。

「比奈、イけ」

ふたつの膨らみに手を伸ばし、真ん中でふるふると震える蕾を指の腹で押し転がすと、比奈の嬌声はより高くなっていく。真紘はただひたすら、比奈を気持ちよくさせることだけを考えていた。

「ま、ひ……ああっ、もうダメ、あっ、あっ、あああああ！」

比奈の膝が震え、下腹部が痙攣したようになる。それと同時に強まった締めつけは、しばらくして急に緩んだ。

脱力した比奈の胸が、荒ぶる呼吸で上下する。ふたりが繋がっている部分は、比奈の濃厚な蜜でびちゃびちゃだ。

真紘はいったん比奈から自身を引き抜き、起き上がらせた彼女をソファの背もたれに手を突かせ、尻を突き出させた。

「なんか恥ずかしい」

これまでさせたことのない卑猥な体勢は、比奈をいっそう淫らに見せる。

「俺には最高の眺めだ」

「真紘さんのエッチ」

「忘れるな、俺がエッチなのは比奈限定だ」

そう、ほかの誰でもなく、比奈だからこそ。

ぬかるんだ彼女自身にもう一度、高ぶったものを押し当てた。

「……ぁ……ん、んん～」

まるで待ち望んでいたように、真紘をぬぷぬぷとたやすく飲み込んでいく。吸いつくような彼女の襞が真紘を包み、小さく蠢くのがわかった。

もはや堪えたままではいられない。

真紘はひとしきり比奈の中を堪能したあと、腰を動かしはじめた。

「あんっ、やっ、すご、いおっきい……真紘さんでいっぱい……んぁっ……」

パチュンパチュンという乾いた音と湿った音が混ざり合い、淫靡な調べを奏でる。そこにふたりの獣じみた吐息まで加わり、野性的な体勢とも相まって欲情が深まっていく。

「ああっ、比奈っ……すごく締まってる。中が……嫌になるくらい気持ちいい」

やわらかなヒップラインを撫でるだけでも興奮度は高まる。ふたりの汗や体液が混ざり合った香しい匂いも媚薬と化した。

「うれしい。私も……ぁんん、ん……またきちゃいそうっ……ふぅ……」

尻を突き出した比奈は、頭を左右に振って髪を振り乱す。ソファに爪を立て、両膝を必死に踏ん張っていた。

じりじりと募っていく快感が、真紘の律動を速く強くさせる。その振動で比奈の胸は揺れ、波打つ尻に真紘の指が食い込む。

「もうほんとにダメっ……壊れちゃ……うからぁ、あああん……っ真紘さんっ」

「俺も限界だ、比奈……一度出したい。……一緒にイクぞ」

比奈の腰を掴み、さらに奥をひたすら突く。

「あああああ……っ、ま、ひろさ……っ、もう、あああああ〜〜〜っ」

切なげに声を上げた比奈の膣内がビクビクと痙攣しはじめる。最後にビクンと震えた比奈は、ソファの背もたれに崩れるようにしてもたれた。

ぎゅうぎゅうと絞られた真紘も、いよいよ極限に達しようとしていた。

「比奈、俺も……ぅ、くっ……」

喉の奥が詰まったような声が唇から漏れる。緩やかになっていく律動の只中で、薄い皮膜に熱く白い飛沫を存分に放つ。それはこれまで比奈と体を重ねた中でも最高の瞬間だった。

繋がったまま比奈を背後から抱きしめ、互いの体温をたしかめ合う。汗ばんだ体をいつまでもくっつけ合っていたい。

「比奈、絶対に離さないからな」

耳元で囁いた真紘に、比奈はとろんとした瞳で頷いた。

エピローグ

太陽の威力が徐々に弱まり、秋の気配が見えはじめた九月中旬。大鷲の逮捕劇で一時騒然とした阿久津法律事務所は、すっかり平穏を取り戻していた。

彼が比奈を監禁したニュースはテレビやネットニュースを賑わせ、事務所前には連日マスコミが詰めかける事態に発展。〝エリート弁護士が闇に落ちていくまで〟といった特集まで組まれ、コメンテーターがテレビで熱弁を振るっていた。

肇は、温情で大鷲に退所を促したことをひどく後悔している様子だった。すぐに刑事事件にしていれば、比奈は監禁されるような目に遭わずに済んだかもしれないのにと。

しかし、そんな状況になるなど誰も想像しないだろう。真紘のおかげで無事だったのだからと、比奈は肇を必死に慰めた。

大鷲が比奈に見せた〝クレアハートの違法行為〟の資料は、すべてでっち上げなのも判明。当然ではあるが、根も葉もない事実だった。

顧客の情報が漏れていたことにより、阿久津法律事務所では連日顧客からのクレーム対応や取引先のフォローに追われた。その情報を得た相手先の事務所も、同じような状態だった。

被害者の比奈も追われる身となり、報道熱が冷めるまでの一カ月あまり身を隠さなければならなかったが、その間は真紘が手厚くサポートしてくれたため何不自由なく過ごせたのは幸いだった。

比奈を救出した真紘もワイドショーで話題となり、所内ではヒーロー扱いされる一躍時の人。いったいそんな情報までどこから？　と不思議に思っていたら、あるときテレビで管理人がインタビューを受けているのを目撃した。

部屋に突入した真紘を『戦隊もののヒーローみたいでしたよ！』と大絶賛。身振り手振りつきで、ときに虚構も織り交ぜながら熱く語っていた。

そんな状況が嘘のように二カ月半が経ち静かになった所内は、事件はもちろん大鷲の記憶まで薄れている。まるで最初から彼の存在がなかったかのよう。

しかしそれは、みんなが気を使っているせいだと比奈は知っている。いつまでも話題になり、傷つくのは比奈だと。なにしろ大鷲は、比奈と結婚すると言いまわっていたから。

そんな空気を感じていたため、同じ部署の美保子には、じつは義兄をずっと前から好きだったとこっそり打ち明けた。お互いに気持ちをたしかめ合い、この先の未来も一緒に歩いていきたいと話すと、『そうだったの！　がんばって！』と盛大に応援され、ものすごく勇気づけられた。

両親にも真紘とふたりで改めて想いを伝え、無事に結婚の許しをもらっている。

さすがに結婚は反対されるのではないかと不安だったが、拍子抜けするくらいにあっさり受け入れてもらった。『比奈を嫁にやらずに済んだ』と、肇は大喜び。真紘が予想した通りだった。

残された課題は、事務所の後継者問題だ。そこをクリアしなければ、心の底から幸せを享受できない。

最初は真紘さえいればいいと思ったが、ふたりの幸せは家族全員の幸せの上に成り立つものだから——。


フロアに置いたキャリーバッグを開けると、モモはそこからひょっこり顔を覗かせた。

鼻をひくひくさせ、髭をアンテナのようにピンと張る。その目線の先には美しい黒猫、レオがいる。お互いに相手の様子を窺い、牽制し合っている。

比奈が住んでいるマンションが水道管の工事をする関係でしばらく住めず、真紘のところに身を寄せるためにモモと一緒にやって来た。

今日は土曜日のため、日曜日の明日も真紘とゆっくり過ごせるだろう。

「レオ、そんな怖い顔をするな。モモが怖がるだろ」

真紘が指摘すると、レオが片方の耳を一瞬だけ真紘に向ける。だが矢のような視線は一直線にモモに注がれたまま。きっと〝コイツは誰だ。俺の領域に入ってくるなどけしからん〟と思っているのだろう。

「レオ、ごめんね。突然モモを連れてきたりして。仲良くしてくれるとうれしいんだけど」

キャリーケースのそばに屈み、モモの隣でレオを覗き込む。

モモが小さく「ニャア」と鳴くのを合図に、レオがエレガントな脚の運びで近づいてきた。

それに合わせてモモもゆっくりケースから出る。

(がんばれ、モモ)

両手を握りしめて心の中で声援を送る中、二匹が鼻先をくっつけ合う。まるでキスしているみたいだ。

以前、獣医に聞いた話によれば、それは猫の挨拶で、〝どこから来たの？〟〝なにしてるの？〟と情報収集しているのだとか。敵意がないと伝えていると言う。

二匹はその挨拶のあと、お互いに体の匂いを嗅ぎ合い、レオのほうから先に離れて軽い身のこなしでキャットタワーに飛び乗った。

モモは後ろにいる比奈に振り返り、〝どうしよう〟といった目線で「ミャ？」と問いかける。

「遊んでおいで」

比奈が促すや否や、長い尻尾をひらりと振ってレオを追い、そこから大運動会のはじまり。ステップを上ったり下りたり、フロアをめいっぱい走り回り出した。

「仲良くなれたのかな？」

猫は本能的に環境の変化を好まず、縄張りから出ることに恐怖を感じると聞いていたため連れ出すのが不安だったが、レオと打ち解けられれば平気かもしれない。

「みたいだな。コーヒーでも淹れるから座ってて」

「ありがとう」

キッチンに向かう真紘の背中を眺めつつソファに腰を下ろすと、比奈の足元をレオとモモが、すばしっこい動きで駆け抜けていく。普段モモとふたりきりのときには考えられない賑やかさだ。

「随分と楽しそうだな」

コーヒーを淹れて戻った真紘が、二匹を見て目を細める。

「ケンカしたらどうしようかと思ったけど、気が合うのかな。よかった」

「まぁ〝レオ〟と〝モモ〟だし？」

「え？」

首を傾げて彼を見る。

「仲良くならないわけはないだろ」

真紘と比奈に例えて言ったのだと気づいて、なんとなく照れくさい。

「このままここに住めばいい。あんなに楽しそうな二匹を引き離すのはかわいそうだろう？」

「それはそうなんだけど、事務所の後継者問題が解決していないから……」

その決着がつかないと、なかなか前に進めない。

「阿久津法律事務所の未来なら心配いらない」

「どういうこと……？」

所内に適任者がいるのか、それともどこからか優秀な弁護士を引っ張ってくるのだろうか。

「誰よりも相応しい人間がいる」

「相応しい人？　どこにいるの？　誰？」

真紘の言葉を聞き、疑問符が並ぶ。まったく見当もつかない。

早く正解を知りたくて質問責めにすると、真紘は親指を立てて自分の胸を指した。

（え？　え？）

さらに疑問は深まり、目をぱちくりとさせる。

「真紘さんってこと？」

しかし真紘には、ほかに大切な仕事がある。夢を実現させた大切な会社だ。

「そう。俺」

深く頷き、得意げに笑う。

「こう見えて、弁護士資格なら持っている」

「それは知ってるけど」

大学在学中に司法試験をパスするほど優秀であるのも。

それでも、にわかには彼の言葉を信じられない。

「クレアハートはどうするの？　空間デザインの仕事は諦めるの？」

「まさか。どっちも俺がやる」

「どっちも？」

目を真ん丸にして聞き返す。

「クリエイティブな空間デザイナーでありながら、インテリ弁護士。カッコいいだろう」

「カッコいいとかそういう問題じゃなくて」

真紘の膝を軽くトンと叩き、思わずツッコミを入れる。

(それはたしかにカッコいいけど！　でもそうじゃないの)

掛け持ちなんて大変なイメージしかない。それもまったく畑違いの職種だ。

「っていうのは冗談だとしても、いくつも会社を経営している人間はいるだろう？」

真紘が、マスコミでもよく取り上げられる実業家を何人も例にあげる。中には弁護士でありながらプロボクサーという、異色とも言うべき二足の草鞋(わらじ)を履いている人物も含まれていた。

そんな話を聞かされると、彼の主張も一理あると思えてくる。夢を叶えて起業し、短期間で大躍進させるほど有能な真紘なら難しくないのかもしれない。

とはいえ忙しくなるのは確実であり、彼の体が心配だ。比奈はもちろん全力で支えていくつもりだが、漠然とした不安はどうしたって残る。

「比奈、一流の経営者に必要な条件をひとつだけあげるとしたら、それはなにかわかるか？」

「え、なんだろう」

唐突に問いかけられたため〝二足の草鞋〟はいったん頭の隅に置き、答えを探して考える。

大前提として、会社を存続させるには黒字でなければならないのではないか。だとすれば……。

「数字に強いこと？」

「そうだな。数字は経営目標を明確、合理的に示すために必要だ。でもそれはあたり前であって然るべきだな」

「それじゃ、謙虚さだとか、人に対して頭を下げられること？」

「いい線いってる」

「ってことは違うのね。うーん、なんだろう……」

腕を組み眉根を寄せて考え込んだが、いい考えは浮かばず、いよいよ降参した。

「自分より有能な人材を育て、その人間を使えること」

「トップである自分より優秀な人を？」

「いくらトップが優秀でも、ひとりの力には限界がある。なんでもかんでも〝俺が俺が〟と言ったってできないものだ。それなら自分より能力の高い人間をそばに置いて、その人たちを活かして使うのが一番だ」

「そっか。そうすれば、なにからなにまで自分が指示しなくていいんだものね」

いかに有能な人間を使えるかが、成功の鍵だ。

「ところがトップの人間というのは、自分より優れた人を遠ざけたくなるものなんだ。部下が優秀であることを素直に認められない。嫉妬から、それを活かそうともしない。となると、自分の能力以上の成功は掴めなくなる」

なるほど、たしかにそうだと比奈は唸った。

優れた人がいると、自分のほうが劣っているように評価され、立場が脅かされてしまう。それが部下であれば、余計にそんな心理が働くだろう。トップに立つ人間なら、見栄が邪魔してなおさらそうかもしれない。

「なにが言いたいかわかるか？」

「部下をうまく使いこなすことが、トップの資質だっていう話じゃないの？」

いつの間にか、真紘の二足の草鞋から逸れた気がしなくもないが。

真紘はクスッと笑った。

「俺には有能な部下がいる。阿久津法律事務所にも優秀な弁護士はたくさんいるだろう？ つまり俺ひとりでどちらもまるっと全部背負うわけじゃない。言葉は悪いが、俺には彼らを上手に使いこなせる自信がある。だから比奈が心配する必要はまったくもってない」

真紘は、比奈がぼんやり抱いていた不安を見抜いていたらしい。経営者として自信が漲る強い眼差しで、きっぱりと言いきった。

「今の話は父さんにもしてある」

「そうなの？ それでお義父さんはなんて？」

「喜んでたよ」

そもそも肇は真紘が継ぐのを望んでいたわけだから、彼の申し出はうれしいはずだ。それこそ美紀と手に手を取り合って大喜びしただろう。そんな様子が目に浮かぶ。

「これで比奈の憂いはなにひとつないはずだ。そうだろう？」

自信たっぷり問いかける彼にこくんと頷く。真紘が綺麗さっぱり取り払ってくれた。

「それじゃ、これにサインをくれ」

真紘はソファの隅に置いてあった封筒から、薄い紙を取り出した。

（あっ……！）

婚姻届だ。それをテーブルに広げ、ボールペンを比奈に差し出す。

「用意してくれたの？」

「ああ。比奈が晴れ晴れした気持ちでサインできる日をずっと待ってた」

残されていた課題をクリアできた今、比奈に結婚を躊躇する理由はなにひとつない。すべてカタがつき、なんの問題もなくなった。

「真紘さん、ありがとう」

心から感謝の気持ちを伝える。

ここへ到達するまでのことが不意に頭を過った。

最初で最後だと、変身して真紘に会いに行った夜。

別人同士で体を重ね、決意とは逆に、さらに深くなった愛。

もう二度と会わないと誓ったのに、会わずにいられなかった執着。

どれもこれも決して無駄ではなかった。今この瞬間のために必要な出来事だったのだと比奈は感じていた。

真紘からボールペンを受け取り、ソファから下りてラグの上に正座した。

〝夫になる人〟の欄には、すでに真紘の名前が記載されている。その隣にある〝妻になる人〟の欄に、自分の名前を書く日が本当にやって来た。

真紘にプロポーズされたときに確約されていたとはいえ、実際に訪れたその場面を前に胸の高鳴りが尋常でなくなる。ペンをぎゅっと握り、一文字ずつ丁寧に力強く書いていく。

（この書類に記入することで、本当に真紘さんの奥さんになれるんだ……）

最後の〝奈〟を書き終えたそのとき、用紙の上にベルベット素材の小さな箱が置かれた。

そこに書かれた〝AR〟は、ハイクラスをメインとした世界的にも有名なジュエリーブランド『エンジェルレイン』のロゴだ。

「……え？　これってもしかして」

「その〝もしかして〟」

真紘がいたずらっぽく微笑みながら蓋を開けると、中から眩い光を放つ指輪が現れた。

プラチナのアームにひと筋のピンクゴールドがアクセントを添え、花びらのような台座にダイヤモンドがあしらわれた可憐なデザインだ。

「かわいい」

「手を貸してごらん」

真紘に言われるまま出した左手の薬指に、指輪がするりと嵌められる。まるで比奈の指にあつらえたようにぴったりだった。

「どうして？」

「サイズがわかったのかって？　比奈が眠っている隙にこっそり測った」

目を丸くする比奈に真紘がさらっと暴露する。

そんな手を使っていたとは驚きだ。今夜、婚姻届と一緒にサプライズを仕掛けてくれた優しさもうれしい。

「真紘さん、ありがとう！」

思わず彼の胸に飛び込む。

真紘に初めて抱かれた夜、これ以上の喜びはないと思った。それなのに今また、比奈にさらなる幸せが降り注いでいた。

正体を明かし合っても好きだと言ってもらえ、プロポーズまでされる奇跡的な展開はまたべつの幸せを連れてくる。まるで終わりのない夢を見せられているよう。

「そろそろレオたちを見習って、俺たちもイチャイチャするか」

「レオたちを見習う？」

真紘の胸から顔を上げて彼の視線を追っていくと、大運動会を終えたレオとモモは、ペット用のベッドで仲良く毛づくろいをしていた。大きな目を細め、お互いに舐め合う様子は、ついさっき知り合ったばかりには見えない。

「アイツたちに負けてはいられない」

真紘はひょいと比奈を抱き上げた。

「きゃっ」

驚いてしがみついた比奈の唇に、真紘のそれが軽く触れる。

「どっちが先に子どもができるか競争だ」

「モモは避妊済みよ？」

ニッと微笑んだ彼に元も子もない報告をする。

「あ、そういえばレオも去勢したな。よし、それじゃイチャイチャ勝負だ」

「なぁにそれ」

思わず吹き出した比奈をいたずらっぽい目で見つめ、真紘は寝室に連れ去った。

これから訪れる甘い時間に胸をときめかせながら、ベッドに下ろされた比奈はそっと目を閉じた。

番外編

二カ月後の十一月中旬、比奈と真紘の結婚式が執り行われた。

初めて結ばれたホテル・プレジールのチャペルで神に永遠の愛を誓い、ふたりは幸せの真っ只中。

大きな木製のドアを開けて外へ出ると、両親や友人をはじめとした参列者たちが拍手で出迎えた。と同時に、彼らの手から放たれた色とりどりの風船が一斉に大空に舞い、高く高く飛んでいく。

「わぁ、とっても綺麗！」

真っ青な空に花が咲いたような光景に、比奈は思わず歓声を上げた。

「喜んでもらえてなによりだ」

その演出を考えた真紘は誇らしげに笑って続ける。

「ただし、比奈のほうが何十倍も何百倍も綺麗だけどな」

この日のために用意した純白のドレスは、大きなバックリボンが優雅な曲線を描く、ボリューム満点のプリンセスライン。比奈のかわいさを最大限に引き出すデザインもまた、真紘が厳選したものである。

「その言葉、今日何回目？」

今日に限らず、真紘は口を開けば〝かわいい〟だの〝綺麗〟だのと比奈を褒めたてる。つい調子に乗ってしまうから注意が必要だ。

「事実だから仕方がないだろ」

「ありがとう。でも真紘さんも今日はとっても素敵よ」

オフホワイトのタキシードは、真紘のためにあると言っていいくらい似合っている。まるで絵本から抜け出てきた王子様だ。たとえ着飾らなくても、比奈にとって真紘は王子様に違いないけれど。

「〝今日は〟？　俺は常に素敵だって覚えておいてもらわないと困るな」

「ふふ。そうね」

まさしくその通りである。真紘はいつだって最高だ。

ふたりで笑い合っていると、参列者の男性が真紘の肩をトントンと叩いた。彼の大学時代の友人、新平だ。入籍直後に一度、真紘に紹介されて会っている。

「真紘がどんな女性にもなびかなかった理由が、今日ほどわかった日はないよ」

「だろう？」

眩しいものでも前にしたようにふたり揃って見つめてくるため、比奈はものすごく照れくさい。

ありがとうの意味を込めて、微笑みながら軽く頭を下げた。

「比奈ちゃん、今ならまだ間に合うから、俺にしない？」

「ふざけるな」

冗談半分の新平の言葉に、真紘が真顔で反応する。比奈の腰を抱き、自分のほうに引き寄せた。

「比奈、新平には気をつけろ。目が合っただけで好きだと勘違いされるから」

「お前な、そんなわけない。笑顔を向けられなけりゃ、さすがにそうは思わないぞ」

「危険度にさほど違いはないだろ」

「そうか？　そんなことないよな？　比奈ちゃん」

「いいや、危険だ。な？　比奈」

ふたりから同意を求められ、比奈はクスクス笑い出した。

「仲がいいんですね」

「まさか、悪友だ」

「だな」

真紘と新平が互いの肩を叩き合っていると、参列者の中から声が上がった。

「比奈ー、そろそろブーケトスしてー」

琴莉が両手を上げてアピールする。

「よし、それじゃ俺も混ぜてもらおう。結婚のビッグチャンスをものにするぞー！」

新平は石畳の階段を急いで下り、その輪に加わった。

「じゃあ、やろうか」

「うん」

真紘に頷き返し、参列者たちに背を向ける。手にしていたバラとラナンキュラスで作られた淡い色のブーケを「せーの」という掛け声で、頭上の青空に向かって高く放った。

それは、風船が遠く霞んでいく空の下、綺麗な弧を描いて飛んでいく。

「比奈、愛してる」

「私も」

みんながブーケの行方に気を取られている隙を突き、真紘が比奈の肩を引き寄せる。必然的に合った目をそっと閉じると同時に、優しいキスが降ってきた。

END

あとがき

最後まで本作をお読みくださり、ありがとうございます。ルネッタブックスさんでは三冊目の刊行となりましたが、義理の兄妹のラブストーリーはいかがだったでしょうか。

血の繋がりがないとはいえ、幼い頃から一緒に暮らしてきた家族であれば禁断と呼んでもいい恋。ふたりの葛藤は察するに余りあります。

ギリギリ禁断ではありませんが、小学生の頃、私は隣に住む従兄に恋したことがありました。真紘と比奈同様、六つ年の差のあるお兄ちゃんです。

容姿端麗でスポーツ万能。当然ながらモテモテで、私の同級生たちからの人気も凄まじく、いつも女の子に追いかけられていました。バレンタインデーに「義理だからね」と可愛げの欠片もなく私がチョコレートを渡すと、「こんなにうれしいチョコは初めてだよ」と笑顔で受け取る人たらしの彼でした。

そんな彼にキュンキュンしていた私の、なんて初心なこと！（笑）。高校生の彼にしてみれば、小学生の私など眼中にもないでしょう。当時は〝もしかして私のこと、好き？〟なんて甚だしい勘違いをしていたのは、紛れもなく黒歴史です。恥ずかしい。

話が大きく逸れましたが、真紘と比奈の十年以上にも及ぶ執着愛が無事に実り、作者の私としてもほっと安堵です。ともすれば変態と言われる危険性のある真紘でしたが、皆様に受け入れていただけることを祈るばかりです。

今回もたくさんの方のご尽力により、この本を世に出すことができました。改稿で悩み、迷い、先に進めなくなるときもありましたが、編集担当さんには毎度丁寧に相談に乗っていただき、感謝しかありません。うすくち先生の美しいイラストにも励まされました。

販売に関わってくださった皆様に心よりお礼申し上げます。またこのような機会を通して、読者の皆様にもお会いできますように。本当にありがとうございました。

紅(くれない)カオル

ルネッタ🄻ブックス

お義兄さまは溺愛の鬼！

極上の秘めごとも、甘い戯れの延長線上ってホントですか⁉

2023年10月25日　第1刷発行　定価はカバーに表示してあります

著　者　紅 カオル　©KAORU KURENAI 2023

編　集　株式会社エースクリエイター

発行人　鈴木幸辰

発行所　株式会社ハーパーコリンズ・ジャパン

東京都千代田区大手町 1-5-1

03-6269-2883（営業部）

0570-008091　（読者サービス係）

印刷・製本　中央精版印刷株式会社

Printed in Japan ©K.K.HarperCollins Japan 2023

ISBN978-4-596-52716-5